Hanni und Nanni ist die beliebteste und erfolgreichste Mädchenbuch-Serie der Welt. Allein in der Bundesrepublik wurden mehr als 5 Millionen Bücher dieser Serie von Enid Blyton mit großer Begeisterung gelesen.

Von **Hanni und Nanni** gibt es 15 Einzelbände, die auch in 5 Sammelbänden zu je 3 Erzählungen zu haben sind.

Schneider-Buch

HANNI UND NANNI

Enid Blyton

im Landschulheim

Deutsche Bearbeitung: Franz Schneider Verlag
Deckelbild: Nikolaus Moras · Illustration: Kajo Bierl
Bestell-Nummer: 3661

ISBN 3 505 03661 7

Inhalt

Die letzten Wochen in Lindenhof	9
Die Bewohner der Pferdeburg	28
Gipfelstürmer in neuen Schuhen	42
Von Pferden und von Schmugglern	51
Unternehmen Peter	59
Die Hausmutter hat Pech	67
Unerwartete Gäste	76
Berti	90
Senta und ihre Kinder	98
Gittas großer Fang	103
Aufregungen	109
Ein Fest, ein Spaß, ein Abschied	116

Die letzten Wochen in Lindenhof

„So herrlich wie jetzt war es in Lindenhof noch nie", rief Nanni Sullivan am Abend eines wunderschönen Sommersonntags. „Seht euch doch bloß um!"

„Und stellt euch die guten grünen Bohnen vor, die uns die Hausmutter heute noch gewiß auftischt!" ergänzte ihre Freundin Jenni. Grüne Bohnen waren für Nanni von jeher ein Alptraum.

Aber die anderen widersprachen lachend. „Jenni, du bist und bleibst ein Spottvogel. Als ob du weniger an Lindenhof hängst! Wir haben doch alle Angst vor dem Abschied."

Ach ja – das war es: Sie genossen die letzten Wochen im Internat ganz besonders und dachten gar nicht gern daran, daß bald alles vorbei war: die sorglose Schulzeit ... der große Spaß bei vielen lustigen Streichen ... die gute Freundschaft mit den anderen Mädchen ... Was kam wohl danach?

„Wir gehen jedenfalls zunächst einmal auf eine längere Reise", sagte Angela von Faber, als sie am Abend wieder von der Zukunft sprachen. „Meine Mutter findet, daß man dadurch erst richtig weltgewandt wird."

„Na, Angela, da wird unsere Baroneß ja bald eine große Dame sein", meinte Bobby. Aber diese Bemerkung klang gutmütig. Früher hatte gerade Bobby auf Angelas Angebereien sehr scharf geantwortet. Das tat sie längst nicht mehr. Angela war nun mal von ihrer Mutter so erzogen, doch im Grunde war sie viel netter geworden – trotz ihrer Afferei. Sie lachte jetzt auch mit den anderen über Bobbys Bemerkung, fragte aber zurück:

„Was fängst *du* denn an, Bobby, wenn es hier zu Ende ist?"

Ein tiefer Seufzer antwortete ihr. „Was ich anfangen *möchte*, weiß ich wohl", meinte Bobby. „Aber ob meine Eltern zustimmen?" Und sie berichtete: „Mein großer Bruder wird Architekt. Da habe ich oft mit ihm überlegt, und wir haben uns ausgemalt, daß ich doch als technische Zeichnerin gut in seinem Büro mitarbeiten kann. Mein Vater findet aber, das wäre nicht der richtige Beruf für mich."

Dieses Gespräch wurde der Anlaß, daß jede mit ihren Berufswünschen herausrückte. Da kamen erstaunliche Pläne zutage, von denen niemand gewußt hatte.

„Du wirst Schauspielerin, Doris, nicht wahr?" fragte Hanni.

„Klar!" riefen ein paar andere.

Doris hatte mit ihrem Talent schon oft viel Lob geerntet, wenn sie an Klassenabenden die Hausmutter nachahmte oder Mamsell, die französische Lehrerin. Das war sogar ihre Glanzrolle: Sie konnte mindestens so temperamentvoll schelten wie die von den meisten Mädchen herzlich geliebte Mamsell. „Mamsell" war keineswegs ein boshaft gemeinter Spitzname: Diese Abkürzung für „Mademoiselle" hatte sich im Internat

Lindenhof längst eingebürgert. Mamsell hatte sehr viel Humor und deshalb selber den größten Spaß, wenn Doris sie nachmachte.

Doch Doris schüttelte jetzt den Kopf, als die anderen meinten: „Du wirst gewiß Schauspielerin."

„Ich werde Krankenschwester", sagte sie.

Verblüfft sahen die Mitschülerinnen sie an.

„Wie kommst du nur darauf?" fragte Elli.

„Eigentlich möchte ich Kinderärztin werden", sagte Doris. „Das war schon immer mein Traum. Aber was müßte ich dann alles lernen! Das Abitur machen, studieren . . . und mir fällt die Lernerei doch so schwer! Ihr wißt es ja."

Die anderen nickten. Ja, Doris war auch bei größtem Fleiß eine schlechte Schülerin geblieben.

„Nun habe ich gedacht", fuhr Doris fort, „ich werde Krankenschwester und bewerbe mich später an einem Kinderheim oder in einem Kinderkrankenhaus."

„Lernen mußt du da aber auch eine ganze Menge", meinte Carlotta und schüttelte die dunklen Locken. Sie war ebenfalls kein Freund von der Paukerei, wie sie oft betonte.

„Ich weiß", sagte Doris. „Ohne Lernen kommt man leider kaum durch. Vielleicht hilft Petra mir in Zukunft wieder. Sie will ja Lehrerin werden, und wir ziehen gemeinsam nach Ebenstadt."

„Na, Petra, da wünsche ich dir heute schon bravere Schülerinnen, als wir es waren", sagte Jenni lachend. „Wenn ich an all den Unsinn denke, den wir angestellt haben!"

„Und den du selber besonders oft ausgedacht hast", neckte Bobby die Freundin. „Kinder, waren das vergnügte Zeiten!"

„Was wirst denn du, Jenni?" erkundigte sich Hilda, die Klassensprecherin, und erklärte sofort noch: „Ich gehe in eine Bücherei."

„O fein, Hilda", sagte Jenni. „Ein Bücherwurm bist du ja. Ich? Ja, ich würde am liebsten Flugstewardeß. Aber zu Hause lachen sie mich aus. Da habe ich gedacht, ich gehe zur Zeitung und werde Reporterin. Ein Onkel von mir ist Redakteur bei einer großen Zeitung. Der hilft mir vielleicht weiter."

„Und ihr Sportlerinnen?“ wandte Hilda sich an Marianne, die Sportwartin der Schule, und an ihre Freundin und Vertreterin Carla. „Ihr müßt ja bei der Stange bleiben – bei der Turnstange, meine ich.“

„Vielleicht“, antwortete Marianne. „Doch in erster Linie werde ich wohl Musik studieren.“

Erstaunt und verblüfft hörten es die anderen. Aber dann erinnerten sich jene, die schon lange in Lindenhof waren, daß Marianne sich gleich am Anfang ihre Geige nach Lindenhof erbeten hatte. Richtig – und sie konnte außerdem wundervoll Klavier spielen!

„Und du, Carla? Hast du auch eine Überraschung für uns auf Lager?“

Carla lachte. „Bei mir wird es nicht so aufregend. Ich gehe ins Büro, denn ich möchte bald Geld verdienen. Ihr wißt ja, wie lange meine Mutter krank war. Sie arbeitet jetzt wieder in ihrer alten Stellung, aber ich will mithelfen. Wenn es möglich ist, will ich später aber Schauspiel-Unterricht nehmen.“

„Na, hör mal“, rief Bobby. „Das nennst du nicht aufregend? Eines Tages bist du eine berühmte Schauspielerin, und wir laufen uns die Füße wund, um Eintrittskarten zu bekommen!“

„Melde dich rechtzeitig, Bobby, dann kriegst du Freikarten“, versprach ihr Carla vergnügt.

Und wieder erinnerten sich manche daran, wie Carla zum ersten Mal bei einem Unterhaltungsabend aufgetreten war. Sie hatte damals großartig vorgetragen und viel Beifall geerntet . . .

„Ich finde es erstaunlich, wie falsch wir bei den meisten tippen“, sagte Hilda nachdenklich. „Wenn Carlotta jetzt noch erklärt, daß sie Kindergärtnerin wird, und Elli, daß sie Mathematik studieren will, dann wundere ich mich gar nicht mehr.“

„Math . . . ich?“ Elli quietschte vor Vergnügen. „Das hätte mir gerade gefehlt. Nein, Hilda, ich gehe ins Modefach. Ich weiß bloß noch nicht, ob ich zuerst in die Schneiderlehre gehe oder in eine Modeboutique.“

„Das beruhigt mich immerhin. So paßt es auch besser zu dir“, meinte Hilda.

„Ins Modefach gehe ich auch“, meldete sich Claudine, die junge Französin. Sie war Mamsells Nichte und in allen Handarbeiten sehr geschickt. „Ich lerne zuerst schneidern.“

„Aber doch zu Hause?“ fragte Elli.

„Natürlich!“ Claudine verzog das Gesicht. „Besser als in Frankreich kann ich das hier bestimmt nicht lernen!“

„Na, Claudine, dann verhilfst du uns später zum richtigen Pariser Schick!“

„Mach ich! Naturellement!“ versprach die Französin.

„Und ich werde Reitlehrerin“, meldete sich Carlotta. „Damit ihr auch darüber beruhigt seid! Mein Vater wollte nicht so recht. Doch Großmutter hat ihn zuletzt überzeugt.“

„Also hör mal, Carlotta“, rief Jenni. „Ich habe mir deine Großmutter eigentlich als Drachen vorgestellt. Aber sie hilft dir neuerdings immer.“

„Nicht wahr?“ Carlotta nickte. „Ich weiß auch nicht, wie das gekommen ist. Erst war sie ganz und gar gegen meine Vorliebe für Pferde.“

„Du warst ja auch recht dickköpfig, Carlotta“, sagte Bobby. „Und ich kann mir vorstellen, wie unangenehm es deinem Vater und deiner Großmutter oft war, daß du so lange im Zirkus gelebt hast und sogar dort aufgetreten bist. Ihr wohnt doch in einer kleinen Stadt. Denke bloß, was die Leute da wohl alles über dich geklatscht haben mögen.“

„Vielleicht! Um so netter ist es aber von meiner Großmutter, daß sie mir jetzt meinen Willen läßt.“

„Finde ich auch“, sagte Nanni.

Elli drehte sich im Kreis herum. „Wer hat seine Zukunftspläne noch nicht verraten?“ rief sie. „Du, Bettina. Was willst du anfangen?“

„Ich gehe nach Hause und wahrscheinlich ins Büro.“

„Und du, Elma?“

Die dicke Elma wurde rot. „Ich soll schon lange operiert werden“, sagte sie leise. „Meine Eltern haben bloß den Schulschluß abgewartet. Was dann wird, weiß ich noch nicht.“

„Du solltest Köchin werden", rief Angela vorlaut, denn sie wußten ja alle, wie naschhaft und sogar gefräßig Elma war.

Aber Hilda dachte sofort daran, daß Elma an einer Drüsenkrankheit litt und deshalb soviel in sich hineinstopfte. Sie sagte schnell: „Was Angela sagt, stimmt, Elma. Wenn ich bloß an den Kuchen denke, den du uns vor den Osterferien gebacken hast! So lecker, wie *der* war!"

Nanni stupste Gina an, die junge Italienerin, die seit Weihnachten mit ihnen in Lindenhof lebte. „Was wird aus dir, Gina? Afrika-Forscherin?"

Gina lachte. „Mein Vater ist aus Afrika zurück. Und so schön meine Afrikareise damals war, für immer möchte ich nicht dorthin. Wir ziehen wieder nach Italien und richten uns ein Haus ein. Mutter macht vielleicht eine kleine Pension auf. Dann helfe ich ihr. Ich kann ja jetzt dolmetschen."

„Na also, dann wären wir alle wohl einstweilen untergebracht", sagte Hanni.

„Alle?" rief Elli. „Ihr Zwillinge habt euch bis jetzt ausgeschwiegen. Mir als eurer Kusine hättet ihr längst eure Absichten mitteilen können."

„Du hast uns ja nie danach gefragt", meinte Hanni trocken. „Wir werden Fotografen."

„Alle beide?"

„Klar! Eine macht vor allem Personen-Aufnahmen, die andere wirft sich auf die Landschaft."

„Plumps!" Jenni kicherte. „Ich sehe schon, wie Hanni sich auf einen Steinbruch wirft."

„Spottdrossel! Wir werden euch mal unsere letzten Fotos zeigen", sagte Nanni. „Dann werdet ihr uns verstehen. Im übrigen bin *ich* es, die sich auf die Landschaft wirft, wie Hanni sagte."

„Ich finde, ihr solltet vor allem noch ein paar Aufnahmen von Lindenhof und von uns allen machen", rief Carlotta. „Zum Andenken."

„Machen wir gern!" Hanni überlegte. „Jetzt ist es zu spät. Aber morgen mache ich ein paar Gruppenaufnahmen. Nanni hat Lindenhof schon genug fotografiert, da könnt ihr euch Abzüge bestellen."

An einem der nächsten Tage erschien Fräulein Theobald, die Direktorin des Internats, plötzlich in der Deutschstunde bei den Mädchen. Fräulein Wahl, die gerade über moderne Schriftsteller sprach, schien gar nicht überrascht zu sein. Offensichtlich war sie auf diesen Besuch vorbereitet.

Fräulein Theobald lächelte freundlich. „Ich möchte etwas mit euch besprechen", sagte sie. „Ich habe da einen Brief bekommen, der manche von euch interessieren wird. Erinnert ihr euch an den Kindertransport, der im März kurz bei uns Station machte?"

„Als der Omnibus kaputt war?" rief Jenni.

„Ja, damals kamen drei Damen mit den Kindern für ein paar Stunden zu uns. Sie wollten in ein Heim und haben dann dort anscheinend von Lindenhof berichtet. Jedenfalls hat die Heimleiterin jetzt an mich geschrieben."

Nun horchten die Mädchen auf.

Fräulein Theobald fuhr fort: „Sie fragt, ob ein paar von euch wohl für ein paar Wochen im Heim aushelfen können. Während der Ferienzeit sind einige ihrer ständigen Helferinnen in Urlaub. Während des Schuljahres ist es ein Landschulheim. Jetzt aber ist es gerade für längere Zeit als Ferienheim mit Mädchen von sechs bis elf Jahren voll belegt. Sie braucht also Hilfskräfte, die mit den Kindern spielen und die größeren auf Wanderungen begleiten; Kräfte, die vielleicht auch mal in der Küche zupacken. Selbstverständlich gibt es im Heim ausgebildete Damen, die alle Verantwortung übernehmen. Aber allein mit lebhaften Kindern zu wandern ist gar nicht so einfach, und sie sonst zu beschäftigen ebenfalls nicht. Ihr habt damals ja einen kleinen Begriff davon bekommen. Nun fragt sie also, ob ein paar von euch nach dem Abschluß in Lindenhof Lust haben, zu ihr zu kommen. Soweit ihr eine neue Ausbildung wählt, fangt ihr vermutlich erst im Oktober an. Da würde es also passen."

„Wo ist denn das Heim?" fragte Nanni.

„Im Vorgebirge. Es liegt dicht bei einem kleinen Dorf mit dem drolligen Namen Hasenwinkel. Eine Bahnstation hat es nicht, aber eine Buslinie fährt durch den Ort. Ich habe hier Bilder, die könnt ihr herumgehen lassen."

Sie gab Hilda einen ganzen Stoß Fotos in die Hand. Begierig griffen die Mädchen danach.

„Sieht hübsch aus!" rief Hanni. „Da könnte man schöne Ausflüge machen."

„Aber wir sollen ja auch etwas *tun*", meinte Doris.

„Nun, überanstrengen müßt ihr euch nicht", sagte Fräulein Theobald lächelnd. „Hört einmal, was die Dame darüber schreibt."

Sie entfaltete einen Bogen und las: „Ich habe an erweiterte Halbtagsarbeit gedacht, denn junge Mädchen wollen auch ihre Freizeit. Sie müssen sich dann nur vormittags und nachmittags abwechseln, jeweils für sechs oder sieben Stunden. Dafür bekommen sie ein Taschengeld von dreißig Mark in der Woche. Die Verpflegung ist gut. Das Reisegeld wird selbstverständlich ersetzt."

Die Direktorin sah ihre Mädchen lächelnd an. Manche hatten große Lust, das war deutlich zu erkennen.

„Überlegt es euch, fragt eure Eltern und sagt mir bis spätestens Ende dieser Woche Bescheid. Ich rufe dann im Heim an."

Sie nickte freundlich und verließ die Klasse . . .

Fräulein Wahl machte gar keinen Versuch, weiter über moderne Romane zu erzählen. Als ob auch nur *eine* der Schülerinnen jetzt etwas davon hören wollte! Sie ließ sie schwatzen; die Stunde war ohnehin gleich zu Ende.

Die Sullivan-Zwillinge waren sich längst einig: Sie gingen auf alle Fälle in das Heim. Ein Blick und ein kurzes Nicken von beiden Seiten hatten genügt. Die anderen überlegten länger.

„Für mich wäre es schön", sagte Doris. „Wenn ich später doch mal in einem Kinderheim arbeiten möchte, könnte ich dort gleich ein bißchen profitieren."

„Klar, Doris", rief Nanni fröhlich, „du kommst mit, und wir werden die schönsten Theaterabende veranstalten."

Doris lachte. „Vorausgesetzt, daß meine Eltern einverstanden sind! Zeitlich paßt es recht gut: Mein Lehrgang beginnt erst am ersten Oktober."

„Meiner auch", rief Carlotta, „und ich möchte gern einmal ins Gebirge. Ob man im Heim oder wenigstens im Dorf auch reiten kann?"

„Sicherlich. Frag nur geschwind zu Hause an. Deine Großmutter entscheidet gewiß auch diesmal? Ich würde ihr an deiner Stelle sofort schreiben."

Jenni, Marianne und Petra hätten gar zu gern mitgemacht, doch ihre Eltern waren nicht einverstanden, und sie sollten verzichten.

Marianne freilich gab sich mit der Absage nicht zufrieden. Sie hängte sich noch am gleichen Tag, als die Antwort kam, ans Telefon und redete eindringlich auf ihre Mutter ein. Dann kam der Vater an den Apparat, und Marianne fing aufs neue zu betteln an. Sie schaffte es! Der Hörer knallte herunter, und Marianne raste zu den Zwillingen ins Zimmer. „Ich komme mit! Ich komme mit!" schmetterte sie ihnen entgegen. „Kinder, ich hab's geschafft."

In allerletzter Minute lief auch Bobby zu der Direktorin. „Fräulein Theobald, haben Sie schon mit dem Kinderheim telefoniert? Nein? Ach, wie gut! Ich möchte nämlich auch mitreisen. Gerade habe ich von meinen Eltern die Erlaubnis bekommen."

„Fein, Bobby, dann fahrt ihr zu sechst hin. Ich wollte eben anrufen."

Bobby verkündete den anderen ihr Glück, und sie jubelten und freuten sich mit ihr.

„Nun ist es längst nicht mehr so schlimm, von Lindenhof fortzugehen", meinte Hanni, und alle übrigen dachten dasselbe.

Trotzdem gab es im Lauf der Zeit ab und zu niedergeschlagene Gesichter, je näher das Ende der Schulzeit kam. Das fiel natürlich auch den anderen Klassen im Internat auf. *Sie* freuten sich auf die Ferien. Die Großen waren komisch! Nur die Mädchen der zweiten Klasse dachten anders. Sie hatten sich zwar manches liebe Mal über die Großen geärgert, wenn sie ihnen helfen mußten. Aber sie hatten auch viel Spaß mit ihnen gehabt.

„Es ist nicht mehr mit anzusehen!", sagte deshalb Claudines Schwester Antoinette zu ihren Mitschülerinnen. „Wir müssen sie wieder einmal zur Vernunft bringen!"

Die anderen lachten. Sie mußten an den Abend vor Ostern denken, als sie die Sechste ganz gewaltig gefoppt hatten. Damals war bei den Großen eine Arbeitswut ausgebrochen, und sie hatten ihnen die schönsten Streiche gespielt.

„Jetzt geht es nicht um Arbeitswut, sondern um ausgesprochenen Trübsinn", rief Claudine wieder. „Wir müssen etwas unternehmen!"

„Rührt dich der Trübsinn unserer Großen wirklich so sehr?" zwitscherte Regine Lernet mit ihrer Piepsstimme. „Oder hast du einfach Lust zu irgendeinem Streich?"

Die anderen lachten. Regine hatte den Nagel auf den Kopf getroffen.

„Von einem Streich kann gar keine Rede sein", meinte Antoinette großartig. „Wie käme ich dazu?"

Noch mehr Gelächter!

Antoinette war ein mutwilliges Geschöpf und steckte meist voll toller Einfälle. Die Mädchen aus der Sechsten, die es ja wissen mußten, behaupteten sogar: „Gegen Antoinette ist Claudine noch das reinste Musterkind." Nun erwartete die Klasse von Antoinette einen Plan.

„Was können wir tun?" fragte Viola und sah die kleine Französin gespannt an.

Auch Dina und Ruth drängten: „Nun sag schon, was wir machen müssen!"

Antoinette stellte sich in Positur. Sie sah sich um, ob auch die ganze Klasse aufmerksam lauschte, und sagte schließlich langsam und würdig: „In zwei Tagen geben wir den Großen eine Mitternachtsparty."

Sie konnte mit der Wirkung ihres Vorschlages zufrieden sein: Wie eine Bombe schlug er in die Gemüter. Nach einigen Sekunden sprachloser Überraschung brach der Jubel los.

„Toll, Antoinette, du hast recht!" rief Ruth, die Klassensprecherin, „wir sind in der letzten Zeit viel zu brav gewesen. Eine Mitternachtsparty hat uns schon lange gefehlt."

Eine Mitternachtsparty! Das war für jede Klasse im Internat ein Höhepunkt. Tagelang vorher wurde geplant, Vorräte wurden gesammelt, der beste Platz für das Fest ausgesucht. Es durfte ja niemand anders etwas davon merken: nicht die Lehrerinnen und auch nicht die Mädchen aus den anderen Klassen. Die Veranstalter freuten sich immer unbändig auf dieses Vergnügen. Und wenn es soweit war, genossen sie es von Anfang bis zu Ende ausgiebig. Von den guten Eßsachen genossen manche sogar oft zuviel. Dann gab es am nächsten Morgen verkorkste Mägen und bleiche Gesichter, und die Hausmutter kam mit ihrer Riesenflasche voll bitterer Medizin!

Jedesmal hatten sie Angst, daß sie entdeckt wurden. Aber auch diese Angst gehörte zum Fest. Wie leicht konnte ein Lichtstrahl durch eine Tür dringen oder durch ein Fenster ins Freie. Oder es wurde so laut geschwatzt und gelacht, daß es draußen zu hören war! Meist ging es ja gut ab. Es sollte sogar Lehrerinnen geben, die sich bei solchen Gelegenheiten halb taub und halb blind stellten!

„Und was werden die Großen wohl dazu sagen?" rief Sabine. „Bei denen gibt es doch keine Mitternachtsparties mehr, wie?"

„Gibt's nicht!" Dina Kramer lachte. „Weil sie sich genieren! Aber glaube mir nur, daß sie liebend gern wieder mal mitmachen möchten. Ich finde Antoinettes Idee wundervoll."

„Überwältigend", sagten auch die anderen, und Antoinette genoß die allgemeine Zustimmung.

Ruth fragte nur bedenklich: „In zwei Tagen – ist das nicht furchtbar knapp?"

„Wir haben aber nicht länger Zeit", widersprach ihr Antoinette. „Überlegt doch mal: in zehn Tagen ist hier Schluß, am Tag vorher steigt die Abschiedsfeier. Da kommen Eltern und andere Verwandte angereist. Dafür bereiten die Großen bestimmt noch manches vor. Untereinander feiern sie auch Abschied – nein, wir haben keine Zeit zu verlieren. Sagen wir in *drei* Tagen – ist euch das recht? Länger dürfen wir die Party nicht hinausschieben!"

„Okay – in drei Tagen!" Es war eine beschlossene Sache.

Die Mädchen aus der Sechsten waren mächtig überrascht, als abends eine Abordnung der Zweiten in ihrem Gemeinschaftsraum erschien: Antoinette natürlich, außerdem Ruth, Sabine und Regine.

„Nanu", rief Bobby, „was verschafft uns die Ehre?"

Als die Einladung kam, horchten alle auf. Noch einmal eine Mitternachtsparty zu feiern, das erschien ihnen sehr verlockend.

„Ihr seid Prachtstücke, ihr Kleinen!" rief Jenni. „Ich glaube, ihr werdet einmal unsere würdigen Nachfolgerinnen. Und die Einladung nehmen wir doch an?" rief sie den anderen zu.

„Klar! Gern! Und ob!"

Hilda, die Klassensprecherin, trat vor, bedankte sich im Namen der anderen und sagte: „Ihr habt selber gehört, wie erfreut alle über eure Idee und eure Einladung sind. Ich nehme also für die Klasse an. Wir werden uns in drei Tagen Punkt Mitternacht einfinden. Im Garten wollen wir feiern?"

„Hinter dem Gewächshaus, wo uns vom Haus aus niemand sehen kann." Die Zweitkläßler verabschiedeten sich stolz. Sie hatten nun viel Arbeit.

Die sechste Klasse überlegte. Die Mädchen freuten sich auf die Mitternachtsparty. Es hätte nicht mehr zu ihnen gepaßt, ein solches Fest zu planen. Aber eingeladen werden und mitmachen – das war etwas anderes!

„In drei Tagen! Kinder, da müssen wir uns noch etwas einfallen lassen", rief Hanni. „Wir wollen doch auch zu dem Fest beitragen."

„Aber was?" fragte Elli. „Für Kuchen sorgen die Kleinen bestimmt."

„Für Getränke auch." Nanni nickte. „Damit dürfen wir nicht kommen."

Natürlich – die Kleinen als Gastgeberinnen stellten sicher viel auf die Beine, um auch ja alles recht großartig zu machen. Etwas Ausgefallenes mußte es sein, was sie beisteuerten! Angela schoß den Vogel ab. Sie rief: „Eine Eisbombe!"

Ja, das war es! Eine Rieseneisbombe wollten sie gleich am nächsten Tag in der Konditorei bestellen, in der sie manchmal einkehrten.

„Die sollen die Bombe dann so einpacken, daß sie eine Weile fest bleibt", sagte Hilda. „Wenn sie den Boten dann möglichst spät herschicken, so gegen acht etwa, bleibt das Eis bis Mitternacht fest."

„Doch wie schaffen wir es, daß bestimmt eine von uns die Sendung in die Hand bekommt?" fragte Petra. „Stellt euch vor, daß der Bote sie Fräulein Jenks bringt."

„Oder meiner Tante, die so gern Süßes ißt", kicherte Claudine. Sie lachten alle bei dem Gedanken.

„Es muß eben immer eine von uns aufpassen", entschied Hilda schließlich.

Für die Sechste war das Problem damit erledigt. Die Zweite hatte mehr Sorgen. Die Kleinen wollten ja Ehre einlegen.

„Was tischen wir auf?" Diese Frage war bei jeder Mitternachtsparty die Hauptsache. Daran hielten sie sich auch. Sie besorgten Kekse und Kuchen, Schokolade und Würstchen, holten viele Flaschen Limo vom Kaufmann, Kakao und Tee.

„Belegte Brote muß es geben", forderte Viola, „vielleicht saure Gurken dazu und Tomaten. So bekommt die Party diesmal eine besondere Note."

„Sehr aufregend ist das nicht", meinte Christa, „auf keinen Fall eine besondere Note. Dazu gehört etwas ganz Neues."

Brigitte, die sie eigentlich alle nicht besonders mochten, hatte längst versucht, sich bemerkbar zu machen. Jetzt rief sie dazwischen: „Wir besorgen Knallbonbons und ziehen mit den Großen."

„Menschenskind, Brigitte, toll!" sagte Ruth. „Das ist wirklich mal was anderes!"

„Aber ob wir die Dinger kriegen?" fragte eine. „Wer hat sie jetzt vorrätig? Die braucht man doch mehr zu Silvester."

„Ich telefoniere mit meinem Paps", sagte Regine mit ihrer Piepsstimme. „Ihr sollt sehen, er schickt uns welche."

Regine stammte aus einer großen Stadt, da mochte es schon klappen.

„Und wie wäre es", fragte Sabine, „wenn wir der Sechsten unser Klassenbild schenkten? Mit Unterschriften von uns allen?"

„Auch nicht schlecht", meinte Antoinette. „Haben wir genug Bilder?"

„Natürlich! Wir haben uns doch alle eines bestellt, als neulich der Fotograf hier war. Da lassen wir uns einfach welche nachmachen."

In jeder freien Minute huschten sie zum Gewächshaus und stellten Vorräte ab. Der alte Gärtner sah zuerst mißtrauisch zu. Da brachte ihm die schlaue Antoinette ein Päckchen Zigarren und legte den Finger auf den Mund. Er lachte, nickte und schnupperte an den Zigarren. Die rochen gut . . .

„Bringt her, was ihr wollt", knurrte er. „Ich habe nichts gesehen."

Nun war die Hauptsache, daß das Wetter gut blieb. Zur Not mußten sie eben in das Gewächshaus hineingehen, aber draußen wäre es doch viel schöner.

Geld hatten sie genug, es war ja kurz vor den Ferien. So hatten sie bald in überreichem Maße herangeschleppt, was sie brauchten. Die Klassenbilder waren unterschrieben – alles war bereit, nur die Knallbonbons fehlten. Die Paketpost kam, aber sie brachte nichts, auch am nächsten Tag nicht, und abends sollte die Mitternachtsparty doch steigen!

Beim Abendessen gingen viele Blicke und Geheimzeichen zwischen der Sechsten und der Zweiten hin und her. Die Großen amüsierten sich über den Eifer der Jüngeren. Aber sie waren trotzdem ein bißchen von der Aufregung angesteckt. Und sie mußten ja nachher auch auf dem Posten sein, wenn der Bote mit dem Eis kam!

Der Gärtner ist mit im Komplott

Sie saßen noch am Tisch, da klopfte es an die Tür. „Eilpaket für Regine Lernet", rief der Postbote. Regine fiel bald über die eigenen Füße, so schnell sauste sie hinaus. Und ihre ganze Klasse war mit einem Schlag lebendig wie ein Bienenschwarm im Sonnenschein. Sie sausten umher und summten fröhlich . . .

Vom Uhrturm schlug es Mitternacht. Die Mädchen aus der zweiten Klasse waren schon seit einer halben Stunde im Garten und hatten noch die letzten Vorbereitungen getroffen.

„Jetzt kommen die Großen", rief Ruth halblaut. „Sie schleichen wie die Indianer!"

„Fein! Steckt die Windlichter an!" rief Antoinette.

Sie hatten wirklich für alles gesorgt. Sogar Decken und Kissen lagen auf dem niedrigen Mäuerchen, das vom Gewächshaus aus an einer Rosenrabatte entlanglief.

Die Großen staunten.

„Alle Achtung, wie schön ihr das gemacht habt! Eine Sommernachtsparty!"

Sie langten mit großem Appetit zu bei allem, was ihnen Gutes angeboten wurde. Und dann kamen sie ins Schwatzen. Die Mädchen aus der Zweiten bogen sich vor Lachen über das, was die Großen da erzählten: Wie Mamsell unvermutet einmal ins Fest geplatzt war und Tessie, die Klassensprecherin von damals, ihr vor lauter Schreck ein Würstchen angeboten hatte.

„Was hat Tantchen denn dazu gesagt?" fragte Claudine.

„Sie tobte und wollte uns mitten in der Nacht zu Fräulein Theobald bringen."

„Und hat sie das wirklich getan?"

„Nein, aber am nächsten Morgen kriegten wir unsere Strafpredigt."

„Ach, und dann Carlottas Geburtstagsfest, wißt ihr noch?" fragte Bobby.

„Was war da los?" erkundigten sich Regine und Ruth gleichzeitig.

„Damals hatten wir eine in der Klasse, die immer petzte. Die hatten wir nicht eingeladen. Wir haben das Fest ihretwegen in letzter Minute vorverlegt. Else merkte nichts. In der nächsten Nacht sind wir noch einmal aufgestanden und haben gewartet, bis Else aus dem Zimmer gegangen war, um zu petzen. Dann haben wir uns sofort wieder hingelegt. Als Else mit Fräulein Jenks kam, schliefen wir tief und fest."

„Und dann?"

„Fräulein Jenks hat den Braten gerochen und Else gründlich den Kopf gewaschen. Übrigens hatten wir für beide ein Stück Geburtstagstorte aufgehoben."

„Das müssen wunderbare Feste gewesen sein", sagten die Jüngeren neidisch.

„Was wollt ihr? Eures heute ist doch ganz groß. Aber Doris, du solltest deinen Clown-Tanz aufführen. Kannst du ihn noch?"

Doch bevor Doris nicken konnte, rief Elli: „Ein Auto kommt!"

„Licht aus!" zischten ein paar. Dann hockten sie in der Finsternis und lauschten. Wer kam um diese Zeit noch nach Lindenhof?

Allmählich gewöhnten sich die Augen an die Dunkelheit, und im Licht der schmalen Mondsichel sahen sie zwei Damen zum Haus gehen, als das Auto weggefahren war. Die eine schien Fräulein Theobald zu sein.

„Unsere Lehrerinnen sind anscheinend auch nicht immer häuslich und solide", sagte Jenni trocken, und die gesamte Gesellschaft fing an zu kichern.

„Aber der beste Witz ist, daß *wir sie* ertappt haben und nicht *sie uns*", sagte Angela, und das Gekicher fing von neuem an.

„Ob wir wieder Licht machen können?" fragte Ruth. „Wir möchten doch den Clown-Tanz sehen."

„Kommt, wir rücken eng zusammen und lassen nur vor dem Gewächshaus Platz für Doris. Dort machen wir ein Licht an", sagte Hilda. „Aber nur dies eine."

Es war eine köstliche Vorstellung, die Doris gab: Sie stolperte, sie verrenkte sich, zappelte mit den Armen, schien die Beine zu verwechseln, hopste wie ein ungeschickter Frosch, stampfte von einem Bein aufs andere, bog den Kopf nach rechts und links und landete unvermutet, während sie noch mit den Armen wie verzweifelt balancierte, auf der Erde.

Das war ein Jubel und ein Gelächter! Nur ein paar Besonnene mahnten immer wieder: „Seid doch still! Nicht so laut!"

Mit neuen Kräften ging es dann an den Schokoladenkuchen, der noch gar nicht angeschnitten war. Doch ehe jede sich den Magen hoffnungslos überladen hatte, rief Bobby: „Kinder, hört auf mit der Futterei. Wir haben nämlich auch etwas mitgebracht."

Nun horchten die Jüngeren auf. Da schleppten die Zwillinge auch schon einen großen Apparat heran, den sie vorher versteckt hatten. Hilda trug einen ganzen Korb voll Pappteller und Löffel herbei. Sie drängten sich um die geheimnisvolle große Blechkiste. Die war mit einer Klammer fest verschlossen. Ein dicker Deckel sorgte dafür, daß die Temperatur im Innern gleichmäßig blieb. Da stand eine gewaltige Puddingform. Hanni hob sie heraus und löste den Deckel.

„Ah", riefen alle, die Großen und die Kleinen. Eine wunderbare Eisbombe kam zum Vorschein, schön garniert mit kandierten Früchten und feingehackten Mandeln.

Sie hatten sofort wieder Appetit, als sie das sahen.

„Nun aber Schluß", mahnten die Großen, als die Eisbombe bis auf den letzten Krümel verzehrt war. Doch Regine piepste: „Die Knallbonbons!"

„Ja", riefen die anderen. „Es kommt noch eine Überraschung." Sie schenkten den Großen die Bilder und boten jeder einen Knallbonbon zum Ziehen. Als die Verse vorgelesen wurden, gab es neuen Jubel. Manche paßten großartig. Angela lachte selber, als sie ihren vorlas:

„Du hältst dich zurück, dir fehlt es an Mut.
Allzu bescheiden ist gar nicht gut."

Marianne fand den Spruch:

„Springe fröhlich allein oder zu zwein.
Marschier durchs Leben munter.
Und stehst du mal auf einem Stein,
fall bloß nicht herunter!"

Den Vogel aber schossen die Schwestern Claudine und Antoinette ab:

„Durch Zufall lernten wir uns kennen,
durch Zufall werden wir uns trennen,
durch Zufall werden wir uns wiedersehn."

„So ein Zufall!“ jubelten die anderen.

„Wißt ihr eigentlich, wie spät es ist?“ fragte Hilda, als die Knallbonbons alle aufgerissen waren. „Fast zwei Uhr. Kommt, wir räumen schnell auf!“

„Ihr nicht!“ widersprach Ruth. „Ihr seid unsere Gäste.“

„Unsinn, natürlich helfen wir.“

„Wir brauchen die Sachen nur ins Gewächshaus zu stellen“, sagte Antoinette. „Das habe ich mit dem Gärtner verabredet. Wir tun ein paar Säcke drüber, dann sieht niemand etwas.“

Kurz drauf standen sie alle an der Gartentür des Hauptgebäudes und zogen die Schuhe aus. Dann schlichen sie barfuß, leise wie die Mäuse, in ihre Zimmer.

Am Morgen war es Viola entsetzlich schlecht. Brigitte klagte über Magenschmerzen. Die Hausmutter, zu der sie schließlich gingen, musterte die blassen Gestalten und holte ihre Medizin.

„Aha“, sagte sie kurz, „die Mitternachtskrankheit!“

Als aber im Lauf des Vormittags auch Nanni, Petra und Elli mit blassen Nasen zu ihr kamen, schüttelte sie verwundert den Kopf.

„Bei den Mädchen aus der zweiten Klasse habe ich ja auf eine Mitternachtsparty getippt. Aber ihr drei Großen? Wo habt ihr euch verdorbene Mägen geholt? Das ist mir ein Rätsel.“

Und ein Rätsel blieb es ihr auch . . .

Danach kam endgültig der Abschied vom Internat. Es gab ein wunderschönes Abschiedsfest mit vielem Gelächter und mit ein paar Tränen. Tränen vergoß am meisten Mamsell, die ihre Mädchen heiß liebte. Für sie war der Abschied in diesem Jahr besonders schmerzlich: Auch Claudine verließ Lindenhof, ihre reizende, vergötterte Nichte . . .

Hanni und Nanni freuten sich, als sie daheim waren. Sie rannten durchs ganze Haus.

„Mutter“, fragten sie ein paarmal am Tag, „wohin sind unsere Spielsachen geraten? Und unsere Bücher? Es wäre doch hübsch, wenn wir ein paar davon für unseren Hasenwinkel aussuchen könnten."

„Hasenwinkel?"

„Na ja, so heißt das Dorf, zu dem unser Heim gehört."

„Aber hör mal, Nanni", meinte Hanni, „unser Heim muß eigentlich auch einen besonderen Namen haben."

„Ach, das erfahren wir schon noch. Einstweilen ist es eben unser Hasenwinkel."

„Aber das klingt nach Kindergarten."

„Warte es ab. Nächste Woche wissen wir es."

Die Bewohner der Pferdeburg

Bis zur nächsten Woche gab es noch viel zu tun. Die beiden fanden tatsächlich alle Spiele in einer großen alten Truhe auf dem Dachboden, und eine Reihe von Büchern lag auch darin.

Die Mutter warnte: „Behaltet für euch selber noch etwas. Das sind später einmal wunderschöne Andenken, die ihr bestimmt nicht entbehren mögt."

Sie brachten ihre Kleider in Ordnung. Wenn die Hausmutter in Lindenhof auch streng auf Ordnung gehalten hatte – in den letzten Wochen hatte sie doch meist beide Augen zugedrückt, und nun fehlte hier ein Knopf an der Bluse, und dort war der Reißverschluß an der Jacke entzwei.

„Packt bloß nicht zuviel ein", mahnte die Mutter immer wieder. „Ein paar Waschkleider und ein paar Blusen, dazu eure Jeans, Turn- und Schwimmzeug, das dürfte genügen."

Natürlich schmuggelten die Zwillinge jede doch ein Festkleid in ihren Koffer, wie sie es mit den anderen besprochen hatten. Man konnte ja nie wissen ...

Sie hatten sich alle sechs auf der Umsteigestation Wendelkirchen verabredet. Hanni und Nanni waren zuerst dort, der Zug mit Doris und Bobby sollte zehn Minuten später eintreffen. Auf Marianne und Carlotta mußten sie dann noch eine halbe Stunde warten. Doris und Bobby waren pünktlich, die anderen aber kamen nicht. Ihr Zug traf rechtzeitig ein, aber die vier guckten sich die Augen umsonst nach den beiden aus.

Was nun? Den nächsten Zug aus dieser Richtung konnten sie unmöglich abwarten. Der kam erst in drei Stunden, und dann versäumten sie den Mittagsbus nach Hasenwinkel. Dorthin ging überhaupt nur zweimal am Tag ein Omnibus, eben dieser gegen Mittag, der andere um sieben Uhr abends.

„Die haben auf irgendeine seltsame Art die Zeit verschlafen", meinte Hanni erbost. „Und nun geraten wir in Verlegenheit und wissen nicht, was wir tun sollen."

Aber so schlimm wurde es nicht. Plötzlich erschien der Bahnhofsvorsteher, schwenkte seine rote Mütze zu den Freundinnen hin und rief: „Sind zwei von euch die Sullivan-Zwillinge?"

„Ja", antworteten die Schwestern im Chor.

„Für euch kam ein Anruf", berichtete der Bahnhofsvorsteher. „Eine Marianne Urban rief an. Falls sie und noch eine andere nicht bis zum Mittagsbus hier sind, sollt ihr weiterfahren. Doch sie versuchen, noch rechtzeitig zu kommen."

„Na, wie sie das schaffen wollen, ist mir ein Rätsel", knurrte Doris ungehalten. „Solche Sprinterin ist Marianne ja nun auch wieder nicht, daß sie einen verpaßten Zug einholen kann."

Sie lachten alle vier, als sie sich an Mariannes Sporteifer im Internat Lindenhof erinnerten, und sie beschlossen: „Wir lassen es einfach drauf ankommen."

Eine knappe Stunde Zeit hatten sie noch bis zur Abfahrt des Busses. Der Uhrzeiger schien freilich im Eiltempo vorzurücken. Noch zehn Minuten – der Bus mußte jeden Augenblick erscheinen. Sie nahmen ihre Sachen auf und gingen zur Haltestelle am Bahnhofs-Vorplatz. Gerade sahen sie noch, daß auf der Strecke ein Güterzug anrollte.

Der Bus kam, und sie suchten sich Plätze. Sehr pünktlich schien der Verkehr nicht zu sein, es wurden noch viele Pakete eingeladen, und der Bahnhofsvorsteher sprach kurz mit dem Busfahrer. Der kletterte endlich wieder auf seinen Sitz und ließ den Motor an.

Da hörten sie eine bekannte Stimme schreien: „Halt! Warten! Nur einen Augenblick noch!"

Und da keuchten, schwer beladen mit ihren Koffern, Marianne und Carlotta heran. Also hatten sie es doch geschafft! Triumphierend schrie Marianne, kaum, daß sie den Fuß auf die erste Stufe vom Bus gesetzt und die Freundinnen erspäht hatte: „Nun, wie haben wir das gemacht?"

„Tadellos!" meinte Nanni, aber Doris rief dazwischen: „Das möchte ich nicht behaupten. Zuerst habt ihr den Zug nämlich verpaßt!"

„Aber ohne unsere Schuld", verkündete Carlotta. „Mariannes Vater brachte uns mit dem Wagen zur Bahn. Unterwegs sahen wir einen Unfall, zwei Autos waren ineinander verklemmt. Da haben wir die beiden Damen aus dem einen Auto ins Krankenhaus gefahren. Wegen dieser guten Tat ließ uns der Stationsvorsteher nachher ausnahmsweise mit dem Güterzug herfahren."

„Und was ist aus dem anderen Auto und seinem Fahrer geworden?"

„Ach, dem ist nichts passiert. Nur sein Auto war ziemlich zerbeult. Er hat auf die Polizei gewartet."

„Kinder, ist das schön, daß wir nun alle zusammen pünktlich ankommen!"

„Und was für ein Glück, daß der Busfahrer so bummelte."

Das aber hatte der Schofför gehört, und er rief ihnen zu: „Kindsköpfe seid ihr jungen Damen! Ich wußte doch vom Bahnhofsvorsteher, daß ich den Güterzug abwarten sollte."

Da wurden sie alle rot, weil sie nicht bloß so laut, sondern auch so vorlaut geredet hatten. Immerhin – als junge Damen angesprochen zu werden, auch im Spott, war für sie ein neues und sehr angenehmes Gefühl.

Die Fahrt dauerte etwas über eine Stunde. In jedem Dorf wurde gehalten; zwischendurch auch noch an mancher Abzweigung, die zu entfernteren Ortschaften oder Einzelhöfen führte. Zuerst blieb das Gelände noch wellig, viele Wiesen gab es mit kleinen Wäldchen dazwischen, so wie die Mädchen es von Lindenhof her gewöhnt waren. Dann stieg die Straße allmählich an, und die Bergkette rückte näher. Die Häuser waren anders gebaut, als sie es kannten: Das Dach sprang weit vor, damit es den Balkon darunter schützte, der bei keinem Haus fehlte. Meist lief ein schönes Holzgitter am Balkon entlang, und überall leuchteten Blumen in auffallender Pracht.

Plötzlich ein Ortsschild „Hasenwinkel"! Doris mit ihren scharfen Augen hatte es zuerst entdeckt und schreckte die anderen aus der Bewunderung eines besonders stattlichen Hauses auf.

„Hallo, wir sind da", rief sie. „Nehmt euer Gepäck, wir müssen gleich aussteigen."

An der Haltestelle wartete ein Kleinbus. Ein junges Mädchen sprang vom Fahrersitz und rief den Freundinnen zu: „Seid ihr von Lindenhof?", und als die sechs nickten, öffnete sie die Wagentür: „Bitte schön, hereinspaziert! Zwei können vorn neben mir sitzen."

Bobby und Carlotta kletterten schnell auf die Vordersitze, und es ging los.

Die Strecke war kurz. Sie fuhren um drei Ecken, immer ein bißchen bergan. Dann lag ein weitläufiges Gebäude vor ihnen. Es war auf einem Hügel erbaut, ringsum eine niedrige Mauer, außerhalb daneben noch Gärten und Spielplätze. An zwei Seiten standen feste runde Türme – fast wie in Lindenhof. Aber diese Anlage wirkte anders, und Doris hatte ganz recht, als sie rief: „Fast wie eine Burg."

„Freilich", sagte die Fahrerin, „es ist ja auch unsere Pferdeburg."

„Pferde ..." Carlotta bekam vor Staunen den Mund nicht zu.

„Pferdeburg, jawohl, du hast recht gehört", war die Antwort. „Aber zunächst müssen wir uns einmal bekannt machen. Ich bin hier im Heim das Mädchen für alles und heiße Karolin. Mich könnt ihr fragen, wenn ihr euch nicht zurechtfindet. Daß wir von Anfang an du sagen, ist euch doch recht? Ich bin ja nur eine Lächerlichkeit älter als ihr. Gerade, daß es für den Führerschein reicht. Die anderen werden euch auch duzen, so haben wir es abgesprochen."

„Wieviel sind denn außer dir noch da, Karolin?“ fragte Hanni.

„Noch sechs, und dazu Rosel, unser Hausmädel. Die rechnen wir ganz zu uns, obwohl sie hier aus dem Dorf stammt und nicht im Heim wohnt.“

„Ein Glück!“ Marianne hatte fix gerechnet. „Sonst wären es ja dreizehn.“

„Nanu, seid ihr in Lindenhof abergläubisch?“

„Nein, wir nicht“, sagte Hanni schnell. „Aber eine von euch könnte es doch sein.“

„Und du bist jedenfalls eine von den Zwillingen“, meinte Karolin. „Ich weiß schon: Hanni und Nanni. Aber ihr seid kaum auseinanderzukennen. Das wird eine schöne Geschichte! Wir haben unter unseren Heimkindern auch so ein Paar. Mit denen haben wir schon allerhand erlebt.“

Die anderen stellten sich ebenfalls vor, während sie mit ihrem Gepäck gemeinsam ins Haus gingen. Sie waren noch nicht an der Haustür, da platzte Carlotta erneut mit der Frage heraus: „Wieso Pferdeburg?“

„Nun“ – Karolin lachte – „Den Namen Pferdeburg haben uns die Dorfleute gegeben. Eigentlich heißt es schlicht Kinderheim. Burg – das seht ihr ja selber. Und wir haben immer ein paar Pferde hier. Unsere Heimleiterin, Fräulein Wagner, reitet leidenschaftlich gern und glaubt, anderen Leuten geht es ebenso. Deshalb hat sie immer zwei, drei Reitpferde hier, das heißt: Ponies. Viele Kinder lernen reiten.“

„Und wir? Dürfen wir auch reiten?“ fragte Carlotta.

„Kannst du es denn?“

„Na, du wirst Augen machen!“ rief Doris. „Mit Carlotta nimmt es so leicht niemand auf. Sie wird ja auch Reitlehrerin.“

Inzwischen standen sie in einer weiten Halle. Eine Tür ging auf, und eine schlanke junge Dame im Reitkostüm kam aus einem Zimmer.

„Herzlich willkommen in unserem Heim!“ rief sie. „Und schönen Dank, daß ihr uns helfen wollt. Ich bin Annedore Wagner, die Heimleiterin.“

Das war die Heimleiterin? Sie hatten eine würdige ältere Dame erwartet – so ähnlich wie Fräulein Theobald. Dieses Fräulein Wagner war gewiß noch nicht mal dreißig.

Sie stellten sich vor und wurden dann von Karolin in ihre Zimmer gebracht: zwei Räume im zweiten Stock, die nebeneinander lagen und jeweils drei Betten, einen Schrank und hübsche helle Sitzecken enthielten. Die Zwillinge und Doris quartierten sich im ersten ein, die übrigen drei daneben.

„Ihr habt eine halbe Stunde Zeit zum Auspacken und zum Frischmachen. Um halb zwei hole ich euch zum Essen."

Sie beeilten sich, damit sie nicht gleich am ersten Tag als Bummler erschienen. Gespannt traten sie in den großen Eßraum. Dort waren die Kinder schon fast fertig mit dem Mittagessen. Sie löffelten gerade noch den Nachtisch, einen schaumigen Pudding mit frischen Johannisbeeren.

Natürlich sahen alle voll Erwartung zu den sechs Neuen hin, aber der Appetit auf den Pudding überwog letzten Endes doch die Neugierde.

Fräulein Wagner winkte die Lindenhof-Mädchen an ihren Tisch. Daran saßen außer Karolin ein paar ältere Damen. Die anderen sechs jungen Helferinnen hatten ihre Plätze zwischen den Kindern. Sie standen nun aber auf und schickten die Kinder – es mochten fünfunddreißig oder vierzig sein – für die Mittagsruhe hinaus auf die Liegewiese. Dann räumten sie schnell die Teller zusammen und trugen sie in die Küche. Danach setzten sie sich mit an Fräulein Wagners Tisch.

„Also", begann Fräulein Wagner, „da haben wir unsere neuen Helferinnen. Karolin, bitte klingele, damit Rosel uns das Essen bringt. Vorher wollen wir uns bekannt machen. Dies hier sind Karin, Gundel, Erika, Jutta, Irmela und Gitta. Karolin und mich kennt ihr schon. Nun verratet uns bitte eure Namen."

Das geschah. Als Hanni und Nanni sich vorstellten, schmunzelten alle. Die Ähnlichkeit war für jeden, der die Zwillinge zum ersten Mal sah, einfach verblüffend.

„Und hier sind meine lang erprobten drei Kindergärtnerinnen", fuhr Fräulein Wagner fort, „die Stützen des

Heims und meine eigenen. Dies ist Fräulein Busch, unsere Spezialistin fürs Basteln. Daneben sitzt Frau Lennert, die unermüdlich neue Spiele einführt, dann Fräulein Seifert. Sie ist eigentlich Lehrerin und überwacht deshalb nebenbei jene Kinder, denen von ihren Schulen Aufgaben mitgegeben wurden, damit sie einige Lücken füllen können. Am Kopfende sitzt schließlich die wichtigste Person des Hauses: Frau Baumann, unsere Hausmutter. Sie kocht nicht bloß, sondern führt den gesamten Haushalt und pflegt auch noch die Kranken, wenn wir welche haben."

„Mit einer braunen Medizinflasche?" platzte Bobby heraus, und die andern fünf aus Lindenhof lachten hellauf.

Weil die übrige Tischrunde verständnislos guckte, erklärte Bobby mit rotem Kopf: „Unsere Hausmutter in Lindenhof hatte eine riesige Flasche mit einer ganz abscheulichen Medizin. Wer davon etwas schlucken mußte, hütete sich, wieder krank zu werden. Es schmeckte gräßlich."

„Aber es half?" erkundigte sich Frau Baumann.

„Doch", bestätigten die sechs Lindenhof-Mädchen, „geholfen hat es immer."

„Dann ist das gar keine schlechte Sache", meinte Frau Baumann. „Das werd ich mir merken."

Karolin lachte. „Bobby", rief sie, „nicht wahr, so heißt du doch? – laß bloß keines von unseren Kindern erfahren, daß du der Hausmutter dieses Rezept verraten hast."

„Und hier kommt unsere Rosel", sagte Fräulein Wagner. „Sie ist unser aller guter Geist, arbeitet in der Küche und findet trotzdem immer noch Zeit, auszuhelfen, wo es gerade not tut."

Rosel hatte die Suppe hereingebracht, schöpfte die Teller voll und setzte sich dann neben die Hausmutter.

„Unsere Tagesordnung ist durch die Neuen ein bißchen durcheinandergeraten", erklärte Fräulein Wagner, als sie die Suppe ausgelöffelt hatten und Rosel eine große Gemüseschüssel und Bratklopse hereintrug. „Ich wollte aber gern gleich zu Anfang diese gemeinsame Mahlzeit halten. Für gewöhnlich essen die Kinder und diejenigen Helferinnen, die am Vormittag Dienst hatten, um halb eins. Zwischen eins und ein Viertel nach eins sind sie fertig und legen sich bis gegen zwei hin. Wir anderen essen so wie heute, um halb zwei. Die zweite Schicht der Helferinnen beginnt ihren Dienst um zwei Uhr. Die ersten können den Nachmittag dann verbringen, wie es ihnen Spaß macht. Angefangen mit der Arbeit wird morgens um sieben, dann stehen die Kinder auf. Schluß ist abends um acht, wenn alle im Bett liegen. Die Schichten sind also nicht genau gleich lang. Aber ihr wechselt euch ja von einer Woche zur anderen ab. Am besten bleibt ihr Lindenhof-Mädchen gleich als zweite Gruppe beisammen. Aber nun eßt erst einmal."

Das ließen sie sich nicht zweimal sagen. Die neugierigen Blicke der Mädchen von der ersten Gruppe störten sie nicht im geringsten.

Nach dem Essen wurde es Ernst. Die Mittagsruhe der Kinder war um zwei Uhr zu Ende. Sie hörten sie draußen herumtoben.

„Kommt nur mit, ihr Mädchen!" rief Frau Lennert und ging mit Fräulein Seifert hinaus.

Die Kinder hatten sich schon in Gruppen zusammengefunden, anscheinend nach dem Alter.

„Nun, was wollen wir heute anfangen?" fragte Frau Lennert, und fast einstimmig kam die Antwort: „Baden!"

„Gut! Habt ihr eure Sachen dabei?"

„Alles da!" Die Bande hatte sich wohl längst abgesprochen.

„Dann wollen wir nur noch warten, bis unsere neuen Freundinnen auch ihr Badezeug geholt haben." Sie fragte die Mädchen: „Könnt ihr die Sachen geschwind holen?"

Sie sausten schnell los und waren wenige Minuten später wieder zur Stelle.

„Ihr nehmt jede eine Gruppe", sagte Frau Lennert, „immer sechs oder sieben Kinder. So lernt ihr wenigstens erst einmal ein paar genauer kennen. Ist eine von euch eine gute Sportlerin, so daß sie die Jüngsten im Schwimmen unterrichten kann?"

„Marianne! Sie war die Sportwartin in Lindenhof."

„Also komm her, Marianne. Dies sind unsere Frösche. Sie hüpfen erst ein bißchen im Wasser herum."

„Ha", rief ein Blondschopf, „ich kann schon vier Züge schwimmen!"

„Richtig, Karli, wie konnte ich das vergessen!" Frau Lennert lachte. „Paß gut auf, Marianne. Sie ist gewiß bald eine tüchtige Schwimmerin und hilft dir bei den anderen. Dies sind noch Ruthi und Eva, Gustl, Erika und Toni. Laß dir die Namen wieder sagen, wenn du sie vergißt. Und ihr pariert, verstanden, ihr Küken?"

„Okay, tun wir. Schon gut!"

Marianne schwirrte mit den sechs Mädchen ab. Karli ging neben ihr. Sie hatte das große Wort und führte die Gruppe. Das Bad lag hinter einem flachen, winzigen Hügel. Es war die Ausbuchtung des schmalen Flußbettes, das plötzlich vor ihnen lag, und war so geschickt angelegt, daß ein Teil des fließenden Wassers hindurchlief.

„Nun, Karli, zeig mir einmal, was du kannst!" rief Marianne, als die Gruppe in den flachen Teil des Beckens ging.

Die übrigen Mädchen hatten inzwischen auch ihre Gruppen übernommen. Es war gar nicht so leicht, die übermütige Bande im Auge zu behalten. Besonders die ältesten Kinder versuchten, sobald Frau Lennert außer Sicht war, auf eigene Faust alle möglichen Dinge anzustellen: vom hohen Sprungbrett zu hopsen, einen Kopfsprung zu riskieren und was ihnen sonst einfiel. Doris schwitzte tüchtig: Sie hatte die ältere Gruppe zu betreuen und natürlich keine Ahnung, wieviel jede einzelne Schwimmerin leisten konnte. Aber da kam zum Glück Fräulein Seifert und brachte Ruhe in das Ganze.

„Ich war heilfroh, als Schluß war mit der Schwimmerei", gestand Hanni abends, als sie mit ihrer Schwester und Doris am Fenster ihres Zimmers stand und alle drei die wunderschöne Berglandschaft betrachteten.

„Aber ich erst", sagte Doris lachend. „Zum Schwimmen bin ich überhaupt nicht gekommen."

Sie beschlossen, am nächsten Morgen, wenn sie frei waren, ins Bad zu laufen und ein paar Runden zu schwimmen.

„Spaß machen wird es hier gewiß", meinte Nanni. „Die anderen scheinen auch recht nett zu sein."

Sie sahen von nun an die Mädchen der ersten Gruppe tagsüber bloß bei den Mahlzeiten, und auch dann war ein Teil immer im Dienst. Doch an den Abenden setzten sich die zwölf manchmal zusammen und lernten sich allmählich kennen.

„Ich mag nur Jutta und Karin nicht besonders gern", sagte Hanni zur Schwester, als sie einmal allein im Zimmer waren. Doris hatte sich mit Erika besonders angefreundet und war an diesem Abend mit ihr ins Dorf gegangen. Erika wohnte mit Gundel zusammen, aber sie verstanden sich nicht besonders gut.

„Gundel ist eine Leseratte", klagte Erika. „Kaum ist sie im Zimmer, nimmt sie ein Buch in die Hand und ist nicht ansprechbar. Dann hocke ich neben ihr und weiß nicht, was anfangen, denn ich mag nicht dauernd lesen."

Es stellte sich heraus, daß Erika schon als kleines Mädchen Kindergärtnerin werden wollte. Nun war sie ihrem Ziel nahe.

„Kann aber sein, daß ich eines Tages selber Kinder haben werde", vertraute sie Doris an. „Weißt du, mein Bruder hat einen sehr netten Freund ..."

Hanni und Nanni mochten Erika ebenfalls. Wenn sie mit Doris bei ihnen saß, gab es immer viel zu lachen. Carlotta kam meist dazu — und Bobby natürlich. Von der anderen Gruppe war noch Irmela oft dabei.

Irmela — das war ein fabelhaftes Geschöpf. „Eine tolle Nummer", urteilten die meisten, wenn sie von ihr sprachen. Sie war sehr gescheit. Wenn eine etwas fragte und die anderen es nicht wußten, hieß es immer: „Geh zu Irmela." Und Irmela gab unfehlbar Auskunft. Außerdem war sie eine glänzende Sportlerin. Marianne hatte bald davon gehört und natürlich versucht, sich mit Irmela anzufreunden. Aber ihrem gemeinsamen Interesse zum Trotz waren beide Mädchen grundverschieden. Ging Marianne mit den Kindern zum Schwimmen oder war Gymnastik angesagt und Marianne leitete die Stunde, dann wurde kommandiert. Die Kinder sollten ja etwas lernen. Wehe, wenn sie sich keine Mühe gaben!

Wie ganz anders verliefen solche Stunden bei Irmela! „Hallo", rief sie im Bad, „wer ist zuerst drüben an der anderen Seite?" Platsch – war sie im Wasser, schwamm und schwamm, gab trotzdem gut acht auf die Jüngeren und ließ sie gewinnen. Sie spielte mit ihnen, statt Kniebeugen zu üben oder die Kerze. Die Kinder jubelten, wenn Irmela erschien, und waren ganz bei der Sache.

Und obendrein steckte dieses Wunderkind Irmela voll Übermut. Waren das lustige Abende, wenn sie zusammen saßen und erzählten!

„Werdet ihr aus Gitta klug?" fragte Doris eines Abends die Schwestern. „Sie sitzt immer still dabei und sagt so gut wie gar nichts. Wie findet ihr sie?"

„Genau wie du sagst: still – mehr kann ich auch nicht dazu sagen", meinte Hanni, und Nanni setzte hinzu: „Aber stille Wasser sind tief."

Mit Jutta und Karin war es eine merkwürdige Sache. Sie waren bestimmt sehr tüchtig, und Karolin schien große Stücke auf sie zu halten, die Kindergärtnerinnen anscheinend auch. Aber die Mädchen von der ersten Gruppe schätzten sie gar nicht besonders. „Sie petzen!" hieß es.

Gundel erzählte Doris, daß sie einmal ein Buch aus der Heimbibliothek draußen im Garten vergessen hatte. Sie war aus irgendeinem Grund schnell ins Haus gelaufen und danach nicht mehr zurückgekommen. Jutta hatte es ihr am nächsten Morgen beim Kaffeetrinken vor allen anderen zurückgereicht. „Es lag auf der Gartenbank. Du hast doch darin gelesen, nicht wahr?" hatte sie mit einem boshaften Lächeln gesagt. Und ein anderes Mal hatte Karin – auch an der allgemeinen Tafel – erzählt, daß eine Gruppe von Kindern sich im Dorf Eis gekauft hatte – kurz vor dem Mittagessen! „Jutta und ich wollten sie wegschicken, weil das doch nicht sein soll, aber keines hat gehorcht", berichtete sie.

War es verwunderlich, daß die jungen Mädchen ebenso wie die Kinder Jutta und Karin mit Mißtrauen betrachteten?

Es dauerte gar nicht lange, da gehörten die Mädchen aus Lindenhof völlig ins Kinderheim.

Am seligsten war Carlotta. Sie wohnte ja in der Pferdeburg! Gleich am zweiten Morgen hatte sie Fräulein Wagner nach den Ponies gefragt.

„Kannst du reiten?" war die Gegenfrage, und Carlotta hatte lachend genickt. Da war Fräulein Wagner mit ihr hinausgegangen zu der kleinen Koppel, wo ihnen drei Ponies fröhlich entgegenwieherten.

„Komm, wir reiten ein Stück zum Wald hinüber", meinte Fräulein Wagner. „Hol dir einen Sattel aus der Scheune drüben."

„Brauch ich nicht", antwortete Carlotta, als sie sah, wie die Heimleiterin sich einfach auf das größte Pferd schwang. Sie ging zu dem braunen Haflinger-Pony hinüber, saß im Nu auf dessen Rücken und ritt hinter Fräulein Wagner her zur Koppel hinaus.

„Hei!" Sie trieb ihr Pony an und stand mit einem Mal auf seinem Rücken. Das war allerdings eine Überraschung für die Heimleiterin – und für das Pony ebenfalls. Weil das Pony unruhig wurde, sprang Carlotta schnell wieder hinunter und saß nun gesittet wie eine elegante Reiterin auf ihrem Pferd.

„Jetzt mußt du mir aber verraten, wo du solche Kunststücke gelernt hast", sagte Fräulein Wagner, als beide durch den Wald geritten waren und neben einem Kirchlein vom Pferd sprangen.

„Im Zirkus", antwortete Carlotta prompt. „Ich war eine Zeitlang Kunstreiterin."

Dann berichtete sie, wie sie mit ihrer Mutter eine Weile unter Artisten gelebt hatte, wie die Mutter gestorben war und die Zirkusleute sich ihrer angenommen hatten, bis ihr Vater sie nach Hause holte.

„Ich habe mich erst gar nicht eingewöhnen können in das normale Leben", gestand sie. „Vater und Großmutter haben viel Ärger mit mir gehabt. – Und ich mit ihnen", fügte sie lachend hinzu. „In Lindenhof gab es auch ein bißchen Kummer, aber die meisten Mädchen waren sehr lieb zu mir."

„Hast du nicht Lust, den paar Kindern, die gern reiten möchten, die Anfänge beizubringen? Ich habe den Versuch

Carlotta kann nicht verleugnen, daß sie einmal Kunstreiterin war

gemacht. Aber für mich gibt es immer zuviel anderes zu tun."

„Und wie gern!" Carlotta strahlte. „Ich will sowieso Reitlehrerin werden."

„Na, großartig! Das ist also abgemacht. Und wir beide reiten ab und zu mal gemeinsam." Das war Musik in Carlottas Ohren.

Hanni und Nanni hatten ihren besonderen Spaß an den jüngeren Zwillingen, ihren „Kolleginnen", wie sie sagten. „Max und Moritz" wurden die beiden im Heim genannt, obwohl sie eigentlich Hildegard und Hildegund hießen. Sie waren genauso gewitzigt wie die beiden großen Mädchen, wenn sie ihre Ähnlichkeit zu dummen Streichen benutzen wollten.

„Hildegund, du hast deine Schuhe wieder mal nicht geputzt", rief Frau Baumann, die Hausmutter. „In einer Viertelstunde erwarte ich dich mit sauberen Stiefeln. Du kannst mir gleich deine anderen zwei Paar mit vorführen."

Eine Viertelstunde ist wenig Zeit, um drei Paar Schuhe auf Hochglanz zu bringen und sich hinterdrein noch selber zu säubern. Klar, daß Hildegard, die zum Glück gerade kam, mit sauberen Schuhen und sauberen Händen bei Frau Baumann antanzte, während Hildegund sich im Badezimmer die Hände schrubbte.

„Hildegund, ich habe dir doch erst heute morgen gesagt, daß du deinen Lebertran nehmen sollst. Hier steht er noch."

„Ach, Frau Baumann, das war bestimmt Hildegard, und sie ist mit Irmela und Fräulein Busch im Bad."

So wurde alle Welt getäuscht – bis Hanni und Nanni auftauchten! Die Schwestern hatten gar keine Schwierigkeit, die jüngeren Zwillinge zu unterscheiden, und sie erwischten die beiden Hilden öfter bei ihren kleinen Manövern.

Gipfelstürmer in neuen Schuhen

Draußen lockten die Berge. Noch war keines von den Lindenhof-Mädchen hinaufgestiegen.

Doch eines Tages fragte Fräulein Wagner mittags: „Wie wäre es mit einem Ausflug ins Gebirge? Ihr beiden Gruppen könnt euch untereinander verständigen, daß einige immer einen ganzen Tag frei haben. Ich schlage vor, daß jedesmal ein paar von der alten Gruppe zwei oder drei von den Neuen unter ihre Fittiche nehmen. Also Freiwillige vor!"

Hanni und Nanni hatten schon lange sehnsüchtig zum Horn hinaufgeblickt, zu dem Gipfel, der ihnen gerade ins Fenster schaute. Sie klatschten begeistert in die Hände.

„Gut", sagte Fräulein Wagner, „ihr beiden zieht also gleich morgen früh los. Jutta und Karin können euch begleiten, sie haben ohnehin noch einen freien Tag gut."

Da sahen sich die Zwillinge freilich erschrocken an. Ausgerechnet mit diesen beiden sollten sie wandern? Den einzigen, mit denen sie sich gar nicht verstanden! Aber sie wagten nichts dagegen zu sagen.

„Proviant lege ich euch in der Küche bereit", versprach die Hausmutter. „Rucksäcke könnt ihr nachher bei mir abholen, es gibt genug im Heim."

Sie verabredeten mit Jutta und Karin, um halb sieben aufzubrechen, und legten sich abends ihre Sachen zurecht. Pünktlich um halb sieben standen sie unten in der Halle.

Jutta und Karin trugen wollene Strümpfe und derbe Stiefel. Sie musterten die Halbschuhe und Söckchen der Zwillinge, ohne etwas zu sagen.

In der Küche lagen für jede Brote, Eier, Obst und eine kleine Flasche Tee.

„Habt ihr kein Regenzeug dabei? Und keine warme Jacke?" fragte Karin nun doch, als sie den Proviant verstauten.

„Wozu?" fragte Hanni zurück.

„Weil auf den Bergen gewöhnlich ein sehr frischer Wind weht und weil leicht ein Wetter kommen kann."

„Das glaubst du doch wohl selber nicht", entgegnete Hanni schnippisch. „Wir sind nun fast vierzehn Tage hier, und es hat noch nicht ein einziges Mal schlechtes Wetter gegeben."

„Außerdem sind wir ziemlich abgehärtet", meinte Nanni, „und so ein bißchen Wind macht uns überhaupt nichts aus. In Lindenhof wird man sportlich erzogen."

„Na, ihr müßt es wissen!" Jutta zuckte mit den Schultern und gab Karin einen Schubs. „Los, wir gehen."

Gehen!

Sie schlichen ja – wenigstens fanden das die Zwillinge, denen das langsame, bedächtige Tempo der beiden wenig behagte. Sie überholten sie und stiegen flott voran.

„Rennt nicht so, ihr Sportlerinnen", rief Karin ihnen nach, „auch wenn ihr zehnmal von Lindenhof kommt."

„Alberne Gans!" knurrte Hanni und ging mit Nanni unbeirrt in der gleichen Geschwindigkeit weiter. Tatsächlich waren sie eine ganze Weile bei der Almhütte und rasteten, ehe die anderen kamen. „Habt ihr es auch geschafft?" rief Hanni ihnen entgegen.

Jutta und Karin sahen sie mit der gleichen herablassenden, mitleidigen Miene an, wie sie selber in Lindenhof die jüngeren Jahrgänge angeschaut hatten, wenn eine etwas besonders Dummes oder Albernes äußerte. Trotzdem warteten die Zwillinge, bis Jutta und Karin auch ein Brot gegessen und ihre Rucksäcke wieder zugeschnürt hatten.

„Wie weit ist es noch bis zum Gipfel?" fragte Nanni, und Jutta antwortete: „Für einfache Bergsteiger fast drei Stunden. Bei eurem Tempo müßtet ihr es aber in der Hälfte der Zeit schaffen."

Die Zwillinge lachten.

Sie mäßigten ihren Gang ein wenig, aber sie hatten doch bald wieder einen Vorsprung.

„Wollen wir noch einmal rasten?" fragte Nanni nach einer Weile. „Wir können den andern ja nicht einfach davonlaufen."

Hanni ließ sich mit einem heimlichen Seufzer auf dem nächsten Felsstück nieder. Man kam wirklich ins Schnaufen!

Jutta und Karin bogen erstaunlich bald um die Ecke. Die Zwillinge hatten nicht geglaubt, daß die beiden bei ihrem gemächlichen Schritt so gut vorwärtskamen. Es blieb ihnen kaum Zeit zum Ausruhen, denn die anderen zwei wanderten unentwegt weiter. Karin drehte sich nur einmal kurz nach ihnen um und fragte: „Seid ihr müde?"

„Überhaupt nicht", versicherte Hanni großspurig, schwang sich den Rucksack über und gab Nanni einen aufmunternden Stoß. „Nicht etwa klein beigeben!" hieß das.

Von nun an blieben die Zwillinge am Schluß. Im Innern waren sie für die langsame Gangart dankbar, aber sie hätten sich gewiß lieber die Zunge abgebissen, als das zuzugeben!

Der Weg wurde steil und uneben. Sie mußten von einem Felsstück auf das andere treten. Hanni verspürte schon eine Weile ein unangenehmes Brennen an der linken Ferse. Hoffentlich bekam sie keine Blase!

Jutta hatte ein Einsehen. Sie hielt plötzlich an und sagte: „In zehn Minuten sind wir oben. Aber ihr müßt jetzt schon die Aussicht bewundern. In dieses Tal sieht man vom Gipfel aus nicht hinein."

Ohne Widerspruch setzte Karin sich neben sie. Sehr zahm und beinahe kleinlaut taten die Zwillinge das gleiche.

Ja, das war eine Aussicht! Hanni und Nanni waren ja noch niemals auf einen so hohen Berg gestiegen. Wie weit konnte man von hier aus schauen! Alle Anstrengung war vergessen, ebenso der Ärger über die unerwünschten Begleiterinnen.

„Wie hoch sind wir hier wohl? Kann man nach Hasenwinkel sehen? Wart ihr schon einmal auf anderen Bergen? Wie heißen die Gipfel dort drüben?"

Lauter solche Fragen stellten sie, und Jutta oder Karin gaben ihnen geduldig Auskunft. Dann aber hieß es: „So, nun noch das letzte Stück!"

Immer schmaler wurde der Weg, sie konnten nur noch von einem Stein auf den anderen turnen. Dann versperrte ein gewaltiges Felsstück den Weg. Sie schlängelten sich durch eine

Spalte ... und da stand das Gipfelkreuz, keine fünf Meter entfernt und kaum einen Meter höher, als sie schon waren.

„Kinder, das ist doch eine Wucht!“ rief Hanni begeistert, und Nanni nickte. „Einfach toll!“

Gleich waren sie wieder obenauf. „Wie lange haben wir gebraucht?“ fragten sie. „Wir sind doch recht gut gegangen.“

„Gewiß“, sagte Karin, die sich ärgerte, „höchstens eine halbe Stunde länger als üblich.“

„Sooo?“ Hanni begriff es nicht. „Wahrscheinlich haben wir immer zu lange gerastet.“

„Sicherlich! Ihr als wahre Gipfelstürmer hättet überhaupt keine Pause gebraucht“, meinte Jutta.

Nanni sah sie von der Seite an. Gewiß war das Spott, und Nanni errötete.

Hanni war weniger empfindlich. „Kann schon sein“, sagte sie patzig. Wenn nur ihre Ferse nicht so weh getan hätte!

„Eine Stunde Gipfelrast“, rief Karin und setzte ihren Rucksack ab. Sie wählte einen Platz vor dem Felsen, wo die Sonne hinschien. Kühl war es trotzdem.

„Na, ihr klugen Mädchen“, sagte sie zu den Zwillingen, „friert ihr oder schwitzt ihr?“

„Keines von beidem“, versicherten sie, „wir fühlen uns pudelwohl.“

„So, dann sind wir zufrieden“, und die Älteren taten, als merkten sie nicht, daß Nanni ein paarmal die Schultern zusammenzog, wie wenn sie fröstelte.

Nanni fotografierte die Aussicht nach allen Richtungen, Hanni machte mit Hilfe des Selbstauslösers eine Gruppenaufnahme von allen vier Mädchen. Sie knipste Nanni am Gipfelkreuz und brachte noch ein paar Schnappschüsse zustande. Dann begannen sie den Abstieg. Sie wollten im Wald sein, ehe die größte Hitze auf den Gipfel knallte.

„Au“, rief Hanni unwillkürlich, als sie sich mit der schmerzenden Ferse an einem Stein stieß, „das tut ja hundsgemein weh!“

„Was hast du denn?“ fragte Karin.

„Weiß nicht, vielleicht eine Blase an der linken Ferse.“

Karin schnallte schon ihren Rucksack auf und verlangte: „Zieh den Schuh aus!“

O weh, das sah böse aus! Die halbe Ferse war wundgescheuert und tiefrot. In der Mitte hatte sich eine große Blase gebildet, und die war bei den letzten Schritten aufgegangen. Karin brachte ein Verbandspäckchen zum Vorschein: lindernde Salbe und Heftpflaster. Sie arbeitete geschickt, und Hanni verspürte dankbar eine Linderung.

„Eigentlich dürfte das bei diesen Schuhen nicht passieren“, meinte Nanni. „Die hat Vati uns noch am Tag vor der Abreise extra für die Berge gekauft.“

„Und wie oft seid ihr schon darin gelaufen?“ fragte Karin ahnungsvoll.

„Na, heute tragen wir sie zum ersten Mal“, antwortete Nanni arglos.

„Oh, diese Sportfans von Lindenhof!“ rief Jutta und warf die Arme theatralisch in die Höhe. „Sie brauchen ihre Schuhe nicht erst einzulaufen, ehe sie länger darin wandern. Das haben nur arme kleine Menschlein wie wir nötig.“

„Sei ruhig, jetzt nützt aller Spott nichts mehr“, knurrte Karin und suchte weiter in ihrem Verbandsbeutel. „Zieht eure Schuhe und Socken aus. Du auch, Nanni!“

„Aber ich hab doch keine Schmerzen.“

„Zieh die Schuhe aus! So, ihr schlauen Kinder, jetzt reibt euch die Füße gut ein mit dieser Salbe.“ Sie reichte ihnen eine Büchse. „Dadurch wird eure Haut unempfindlich gegen Reibestellen. Und merkt euch zweierlei: Niemals funkelnagelneue Schuhe zu einer größeren Tour anziehen, und außerdem die Füße am Morgen vor einer Wanderung möglichst mit einer solchen Salbe einreiben. Dann wird die Haut gegerbt. Wunde Stellen oder Blasen können einem die Freude an jeder Wanderung gründlich verderben.“

Mit hochroten Köpfen hatten die Zwillinge diese Strafpredigt angehört. Was konnten sie dagegen sagen? Aber Karins Tonart und dazu Juttas Spott waren schwer zu ertragen.

„Danke!“ quetschte Hanni gerade noch heraus, als sie Karin die Salbendose zurückgab. Dann blieben beide Paare wieder für sich allein: Die Zwillinge, die zuerst leise schimpften, bald aber wieder vergnügt plauderten und auf Blumen, Tiere und Steine am Weg achteten, und in einigem Abstand dahinter Jutta und Karin, fast schweigend. Nur gelegentlich konnten sie sich eine boshafte Bemerkung nicht verkneifen.

Warm wurde es! Die Sonne stach richtig.

„Ein wahrer Segen, daß wir die warme Jacke und den ganzen Regenkram zu Hause gelassen haben", sagte Hanni halblaut zur Schwester.

Zufällig waren sie hinter einer scharfen Kehre und die anderen gleich an der Gegenseite. So hörte Jutta, was Hanni sagte.

„Es ist noch nicht aller Tage Abend", rief sie zu den Zwillingen hinüber.

Die lachten. „Am Abend sind wir längst im Heim, denk ich", sagte Nanni. „Die Hausmutter will uns sogar schon die Vespermahlzeit bereitstellen."

„Ach, ich vergaß, daß wir mit zwei Neunmalschlauen unterwegs sind. Ihr habt natürlich recht."

Im Wald war es herrlich kühl. Alle vier atmeten auf, und sie kamen flott vorwärts. Hannis Fuß tat nicht mehr weh, sie hatte die Blase längst vergessen. Eine Stunde waren sie etwa unterwegs, da kamen sie zum Ende des Waldes. Sie standen auf der großen Alm. Beim Hinaufgehen hatten sie gar nicht darauf geachtet, wieviele Kühe überall lagen, standen oder die Hänge hinaufkletterten. Die trotteten nun langsam auf die Almhütten zu. War es Zeit zum Melken?

Eben noch hatte die Sonne geschienen. Nun zog es schwarz herauf. Dicke Wolken wurden herangetrieben, und schon bogen sich die Stämme am Waldrand in einem plötzlichen Sturm. Deshalb also wollten die Tiere zu den Ställen!

„Los, zu den Hütten!" schrie Karin und jagte los. Die anderen rannten hinterdrein, so schnell sie bei dem Sturm konnten.

Zu spät! Der Regen peitschte ihnen entgegen. Noch bevor sie an der ersten Hütte anlangten, waren sie bis auf die Haut naß. Eine schöne Bescherung!

„Nun, Zwillinge", stichelte Jutta, als sie sich schutzsuchend unter das breite Dach drängten, „das habt ihr in Lindenhof wohl nicht gelernt?"

Aber jetzt riß Nannis Geduldsfaden, der ohnehin schon recht dünn war. „Wir haben dort jedenfalls gelernt, daß Schadenfreude widerlich ist, ständige Besserwisserei auch, und daß man Neulingen ihre Fehler nicht immerzu unter die Nase reiben darf."

„Außerdem seid ihr genauso naß wie wir", fügte Hanni hinzu. „Ihr habt eure Regensachen ja auch nicht mehr rechtzeitig aus dem Rucksack holen können."

„Immerhin werden wir jetzt die nassen Sachen aus- und trockene anziehen", sagte Karin. „Das ist ein großer Vorteil."

Von da ab sprachen sie kein Wort mehr miteinander. Natürlich froren die Zwillinge jämmerlich.

„Laß uns gehen", flüsterte Hanni der Schwester zu, als die beiden anderen mit dem Umziehen beschäftigt waren. Sie gingen um die Hütte, fanden schnell den richtigen Weg und waren bald im Wald. Der bot wenigstens etwas Schutz. Sobald der Weg einigermaßen eben wurde, liefen sie sich warm.

So dauerte es nur kurze Zeit, bis das Tal vor ihnen lag. Der Regen hatte fast aufgehört. Es war wärmer als in den Bergen. So hob sich die Stimmung der Zwillinge schnell. Sie kamen recht munter bei der Pferdeburg an.

Da allerdings wurde es ihnen unbehaglich zumute. Nicht wegen der Nässe – aber es schwante ihnen, daß sie sich durchaus nicht korrekt verhalten hatten. Es war wirklich ein Leichtsinn gewesen, schlecht ausgerüstet auf einen Berg zu steigen. Karin hatte sie rechtzeitig gewarnt – sogar schon bevor sie das Haus verließen! Aber sie hatten ihre Warnung mit ein paar dummen Redensarten abgetan. Und warum? Bloß weil ihnen die Gesellschaft nicht paßte, in der sie wandern sollten!

„Komm zur Hintertür!" flüsterte Hanni, als sie am Ponystall waren. Sie schlichen an der Mauer vorbei, sausten durch den kleinen Hof neben dem Gemüsegarten und gelangten tatsächlich ungesehen in ihr Zimmer. Es war leer, welch ein Glück! Sie rissen sich die nassen Sachen vom Leib, drehten den Wasserhahn auf und rubbelten sich gegenseitig ab, bis die Haut brannte. Dann zogen sie warme Pullis an und sanken auf die Stühle.

„Ich habe Hunger“, sagte Hanni. „Ob wir gleich hinuntergehen?“

„Das können wir nicht“, antwortete Nanni. „Erst müssen Jutta und Karin da sein.“

Natürlich hatte sie recht, aber ärgerlich war es doch! Nanni kramte in ihrem Rucksack, den sie achtlos in eine Ecke gestellt hatte.

„Wir haben gewiß jede noch eine Schnitte. Und ich habe von meinen beiden Eiern nur eines gegessen. Das andere kannst du kriegen.“ So konnten sie wenigstens ihre knurrenden Mägen besänftigen.

Nanni ging ans Fenster. Sie wollte nach Karin und Jutta Ausschau halten. Da war viel Geduld nötig, es dauerte noch eine Dreiviertelstunde, ehe sie in Sicht waren. Und die beiden schienen immer langsamer zu gehen, je näher sie dem Heim kamen.

„Du, ich gebe ihnen ein Zeichen“, sagte Nanni, aber sie setzte gleich hinzu: „Zu spät!“

Fräulein Wagner kam gerade aus dem Stall und führte ihr Reitpferd am Zügel. Sie sprach noch mit Karolin. Da entdeckte sie die beiden Mädchen.

„Wo sind die Zwillinge?“ hörten Hanni und Nanni sie rufen. Sie öffneten das Fenster und schrien aus Leibeskräften: „Hallo, hier!“

Fräulein Wagner drehte sich um, gab Karolin irgendeinen Auftrag, winkte den Zwillingen zu und ritt davon.

Karolin kam mit Jutta und Karin zum Haus.

„Los, wir müssen hinunter!“ meinte Nanni.

Aber Hanni zögerte. „Krach gibt es immer noch früh genug“, sagte sie.

Wider Erwarten gab es überhaupt keinen Krach. Karolin stieg die Treppe herauf und klopfte an die Tür. „Ganzbeinig seid ihr also zurück“, sagte sie lachend, „und trocken scheint ihr auch zu sein. Also kommt hinunter in unseren kleinen

Eßraum. Dort stehen Kakao und Butterbrote für die Wandersleute bereit. Jutta und Karin haben versprochen, in zehn Minuten auch dort zu sein."

„Ach, hab ich einen Hunger!" erklärte Hanni wieder, als Karolin ihnen warmen Kakao einschenkte.

„Na, dann laßt es euch schmecken! Aber nun erzählt erst einmal, wie es war. Ihr hattet oben gewiß gute Sicht wie meist kurz vor einem Regen."

„Wunderbar", versicherten beide Zwillinge und redeten eifrig drauflos. Karolin sollte keine Gelegenheit zu peinlichen Fragen finden. Aber da stolperten Jutta und Karin ins Zimmer, und im Augenblick war die Stimmung ungemütlich. Karolin tat, als merke sie es nicht. „So, ihr Nachzügler", sagte sie, „nun laßt es euch ebenfalls gut schmecken. Die Zwillinge haben schon erzählt, wie schön es war."

Unsicher sahen Karin und Jutta zu den Schwestern hinüber. Gepetzt hatten die beiden anscheinend nicht.

„Daß ihr nun ausgerechnet in solches Wetter geraten seid, war Pech", plauderte Karolin weiter. „Mir ist es bei meiner ersten Bergtour ähnlich ergangen. Ich hatte damals noch besonderen Ärger: Ich hatte nämlich kein Regenzeug dabei. Nicht den lumpigsten Umhang hatte ich eingepackt. Und mein Vater, ein alter Bergsteiger, hatte mir immer eingeschärft: In den Bergen muß man stets gut ausgerüstet sein. Ohne gutsitzende Schuhe, ohne Schutz gegen Regen oder plötzliche Kälte, Verbandszeug und ausreichend Eßvorrat soll man nicht aufsteigen."

Karolin sah die Zwillinge verschmitzt von der Seite an und fuhr fort: „Ich wußte es natürlich besser und bekam vom Wetter prompt die Quittung."

„Wie wir", platzte Hanni heraus.

„*Ihr?*" Karolin tat maßlos erstaunt. „Willst du behaupten, daß . . ."

„Ja, daß wir *auch* ohne Regensachen hinaufgegangen sind."

„So, das ist ja schlimm. Jutta und Karin, hättet ihr nicht besser aufpassen können? Ihr trugt ja doch die Verantwortung für diese Grünhörner."

„Grünhörner!“ wiederholte Nanni lachend.

„Nun ja, Greenhorns wurden doch in Amerika die unerfahrenen jungen Leute genannt, die jeden guten Rat in den Wind schlugen, nichts wußten und meist gründlich in irgendein Mißgeschick hineinstolperten. Grünschnäbel sagen wir meistens. Aber sagt mal, Karin und Jutta, warum habt ihr unseren Grünschnäbeln nicht Bescheid gesagt?“

„Haben sie getan“, rief Nanni. „Doch wir haben – wie sagtest du, Karolin? – ihren Rat in den Wind geschlagen.“

„Dann seid ihr also selber schuld.“ Karolin stand auf und ließ die vier allein.

„Ich glaube, sie raufen sich schon zurecht“, sagte sie abends zu der Heimleiterin, die natürlich ahnte, was sich zwischen den vier Wanderern abgespielt hatte.

Damit hatte Karolin den Nagel auf den Kopf getroffen. Von diesem Tag an ließen die Zwillinge sich keine Abneigung gegen Jutta und Karin mehr anmerken. Diese aber waren auch nicht mehr so herablassend spöttisch und – sie petzten nicht mehr. Das Stillschweigen der Zwillinge hatte ihnen sehr imponiert.

Außerdem wußten sie jetzt, daß Karolin früher einmal genau so supergescheit gewesen war wie die Zwillinge, und Karolin — darüber gab es auch für Jutta und Karin keinen Zweifel — war ganz in Ordnung!

Von Pferden und von Schmugglern

„Wieviele wollen denn nun reiten lernen?“ fragte Fräulein Wagner ihre Kindergärtnerinnen.

Elf hatten sich gemeldet. Das gab für Carlotta viel Arbeit!

„Mehr als zwei kannst du nicht gleichzeitig auf die Pferde lassen – abgesehen davon, daß außer Fräulein Wagners eigenem ja nur zwei vorhanden sind!“ meinte Karolin und fügte hinzu: „Ob Marianne dir nicht helfen kann?“

„Sie reitet doch gar nicht.“

Da war guter Rat teuer. Fräulein Wagner schlug vor: „Zunächst werde ich mich soviel wie möglich um die Reitstunde kümmern. Marianne kann zuschauen und ein bißchen profitieren. Vor allem soll sie selber reiten lernen und später Carlotta helfen." Sie entdeckte auf Mariannes Gesicht einen eigentümlichen Ausdruck. „Magst du nicht reiten?" fragte sie.

„O doch! Sehr gern sogar", versicherte Marianne.

Fräulein Wagner konnte ja nicht wissen, welche Gedanken ihr durch den Kopf gingen: In Lindenhof hatte sie sich mit Carlotta gar nicht gut gestanden. Bei jeder Kleinigkeit hatte sie an ihr herumgemäkelt und sie kommandiert. Nun hatte sich das Blatt gründlich gewendet: Jetzt sollte sie tun, was Carlotta von ihr verlangte. Für die eigenwillige Marianne war das ein Bissen, den sie nicht so schnell schlucken und verdauen konnte. Doch sie fand dann bald heraus, wie nett und kameradschaftlich Carlotta sich bei den Reitübungen zeigte.

„Du bist eine großartige Lehrerin, Carlotta", sagte sie nach der dritten Stunde, und sie meinte es ehrlich und ohne Neid.

„Wenn Marianne aber reiten lernt", fing Hanni beim Mittagstisch an, „dann möchten wir das ebenso gern. Dürfen wir?"

Fräulein Wagner lachte. „Falls Carlotta sich in ihrer Freizeit noch mit euch plagen will – bitte sehr. Die Ponies dürft ihr nehmen."

„Es sind drei Ponies", rief Erika sofort. „Darf ich auch mitreiten?"

Carlotta lachte. „Von mir aus schon." Fräulein Wagner nickte ebenfalls.

Von da ab waren für Carlotta auch die Abende recht betriebsam. Mit einem Mal wollten sie alle reiten lernen, die Lindenhof-Mädchen und die von der ersten Gruppe. Das heißt: Jutta und Karin konnten es schon ein bißchen. Mit ihnen hatte Carlotta keine Mühe. Bei den andern war es schwieriger. Die meisten träumten gleich nach der ersten halben Stunde vom Traben und Galoppieren. Sie wurden ungeduldig, wenn es nicht so schnell klappte. Ein Glück nur, daß Marianne sofort begriffen hatte, worauf es ankam, und schon mit eingriff – mit viel Verständnis, wie Carlotta immer wieder rühmte.

Hanni und Nanni kicherten abends darüber. „Die beiden Erzgegnerinnen werden noch dicke Freunde", sagten sie lachend zu Doris.

Die nickte. „Marianne wird dann auch so eine mit Pferdeverstand."

Die Hauptlast der Reitstunden blieb natürlich an Carlotta hängen. Tagsüber hatte sie mit den Kindern reichlich zu tun. Jeweils zwei kamen dreimal in der Woche dran. Fräulein Wagner gab den Kindergärtnerinnen einen Wink, daß Carlotta sich sonst nicht allzuviel plagen mußte. Doch Carlotta selber fühlte sich ganz in ihrem Element und hatte viel Spaß an all den neuen Pferdefreunden.

„Tante Lotta", rief die sechsjährige Toni, „darf ich auch mal reiten?"

„Klar", und schon hatte Carlotta, die ihr Pony gerade in den Stall führen wollte, die zappelnde Toni hinaufgehoben.

„Schööööön", verkündete sie den anderen, die ihr neidisch zusahen.

Prompt bettelten sie: „Ich auch mal! Ich auch! Und ich", bis Karolin, die es zufällig beobachtet hatte, sich einmischte: „Schluß, ihr Bande! Carlotta soll erst mal ein bißchen verschnaufen!"

Carlotta pflegte auch selber die Pferde. Marianne half ihr, doch sie schalt dabei immer wieder: „Wer reitet, muß auch Stalldienst tun. Das müssen wir einführen."

„Ach, Marianne, sieh dir doch die Kinder an! Zu solchen Pflichten fehlt ihnen die Geduld. Wenn sie größer sind, tun sie es von allein."

Zur Abwechslung ging Carlotta mit Bobby und Irmela in die Berge, dann Marianne und Doris mit Gundel und Gitta.

„Das müssen wir öfter machen", rief Marianne begeistert. „Aber ihr Zwillinge sollt mitkommen und knipsen. Eure Aufnahmen sind wirklich eine Wucht, das muß euch der Neid lassen."

Ja, die Schwestern verstanden etwas vom Fotografieren. Sie hatten schon allerlei Bilder von der Pferdeburg und von den Freundinnen aufgenommen: Carlotta hoch zu Roß, Marianne mit einigen von den „Fröschen" beim Schwimmunterricht, Bobby, die – in der Küche Kartoffeln schälte, ausgerechnet die lebhafte Bobby!, Doris beim Spiel auf der Wiese... und sich selber hatten sie natürlich auch gegenseitig sehr oft geknipst.

„Wißt ihr was", meinte Doris, als sie wieder eine Menge Bilder von zu Hause geschickt bekamen (in Hasenwinkel konnten sie die Aufnahmen nicht entwickeln lassen), „wir sollten Fräulein Theobald ein kleines Album mit solchen Bildern nach Lindenhof schicken."

„Prima Idee, Doris", rief Bobby sofort. „Anfang September hat sie Geburtstag. Dann schenken wir es ihr. Sie freut sich bestimmt."

Von da ab sausten die Zwillinge immer wieder mit ihren Kameras herum, damit sie ja keine Gelegenheit zu Schnappschüssen verpaßten. Doris, die es wissen mußte, behauptete, die Apparate lägen sogar auf ihren Nachttischen startbereit!

Eines Tages war für die älteren Heimkinder eine Bergwanderung angesetzt. Große Aufregung herrschte.

„Wir gehen zum Surlinsee", erzählte Hildegund. „Ich habe gehört, wie Frau Lennert es zu Fräulein Seifert gesagt hat. Der See liegt mitten in den Bergen, meint Rosel. Wir kochen ab. Stellt euch vor: mitten in den Bergen Feuer anzünden und kochen!"

Frau Lennert, Hanni und Marianne sollten die Gruppe begleiten. Zehn Kinder wurden ausgesucht, denen man einen längeren Marsch zutrauen durfte. Sorgfältig wurde das Gepäck bereitgelegt und für die richtige Kleidung Sorge getragen. Jedes bekam einen Rucksack mit Broten, Eiern und kleinen Erfrischungen. Die beiden Töpfe und was sonst notwendig war, schleppten die Erwachsenen.

„Bitte treibt keinen Unfug, befolgt alles, was die Großen euch sagen. Ich muß mich auf euch verlassen", mahnte Fräulein Wagner, und die Hausmutter sagte beim Aufbruch ungefähr das gleiche.

„Sie sind alle nett und brav gewesen", konnte Frau Lennert abends berichten.

Die Kinder glühten von der Sonne in den Bergen und von der Erinnerung an die Mittagsrast dort oben.

„Von einer Quelle haben wir Wasser geholt. Dann mußten wir Steine und Holz sammeln. Ein paar richtige Feuerstellen wurden gebaut, wie bei den Pfadfindern! Mit Trockenspiritus haben wir Feuer gemacht und die Suppe gekocht, Erbsensuppe mit Würstchen darin!"

Sie konnten mit dem Erzählen gar nicht aufhören.

Hanni und Marianne aber berichteten noch etwas ganz anderes:

„Am See war eine Hütte. Die Fensterläden waren bis auf einen geschlossen und die Tür mit einem großen Vorhängeschloß versperrt. Aber durch das einzige Fenster haben wir geguckt und merkwürdige Dinge entdeckt. Da lagen lauter fest verschnürte Pakete und Ballen. Daneben standen Kraxen, auf denen die Sachen wahrscheinlich auf den Berg geschleppt worden sind ..."

„... oder weiterbefördert werden sollen", ergänzte Marianne nachdenklich.

„Weiter?" fragten die anderen, die dem Bericht gespannt lauschten.

„Na ja", meinte Marianne. „Wir haben überlegt, ob dort nicht vielleicht ein Schmugglerlager ist."

„Schmuggler? Ihr habt Ideen", rief Bobby lachend. „So nahe ist die Grenze doch nicht."

„Was heißt nahe?" sagte Hanni entrüstet. „Nur vier Stunden ist sie entfernt, habe ich neulich gehört. Das heißt, wenn man über die Berge steigt. Wir haben die Umgebung der Hütte untersucht. Gleich dahinter führt ein schmaler Pfad durch Felsen hinauf zum Berggrat. Warum soll das kein Schmugglerpfad sein?"

Nun wurden die anderen nachdenklich. Ja — warum eigentlich nicht?

Sie hatten schon öfter von Schmugglern gehört und gelesen oder Fernsehfilme gesehen. So etwas gab es ja wirklich. Nur daß sie selber vielleicht eine Schmugglergeschichte erleben könnten, das war ihnen nie eingefallen. Es war sehr spannend und aufregend. Aber der Gedanke gefiel ihnen.

Sie erzählten den übrigen Mädchen davon. Und je öfter sie davon redeten, desto sicherer wurde es ihnen: Am Surlinsee gab es einen Schlupfwinkel für Schmuggler. Bobby, Carlotta und Irmela beschlossen, auch einmal hinaufzuwandern.

„Nehmt ihr mich mit?" fragte Gitta. Natürlich taten sie das.

So stiegen sie am nächsten freien Tag zu viert hinauf. Ganz zeitig gingen sie los.

Sie hatten Glück: von weitem erkannten sie die Hütte, die eng an den Hang gelehnt stand, und — sie sahen Menschen ein- und ausgehen. Sie verhielten sich sofort still und beobachteten die Hüttenbewohner. Es waren zwei junge Männer, die anscheinend gerade in die Berge aufbrachen. Sie schleppten jeder eine Kraxe heraus und beluden sie bis oben hin.

Dann schlossen sie die Läden und die Tür, hoben die Kraxen auf den Rücken und verschwanden hinter dem Haus. Nach ein paar Minuten tauchten ihre Köpfe zwischen den Felsen auf.

„Eine klare Sache!" meinte Irmela. „Schmuggler."

Leider konnten sie keinen Blick in die Hütte werfen. Diesmal waren alle Fensterläden geschlossen, und sie entdeckten nicht die kleinste Ritze.

„Habt ihr die beiden genau gesehen?" fragte Bobby.

„Kein Gedanke", antwortete Carlotta. „Aus dieser Entfernung war doch nichts zu erkennen. Sie sind alle beide groß und schlank. Mehr weiß ich nicht."

„Der eine hat auffallend hellblondes Haar", meldete sich zum Erstaunen der anderen die stille Gitta, „und der zweite schlenkert beim Gehen mit den Armen."

„Woher weißt du das so genau, Gitta?" fragten die drei verblüfft.

Ein Schlupfwinkel für Schmuggler?

„Ich habe ein Fernglas mitgenommen und die beiden Burschen beobachtet. Jetzt werden wir nachsehen, ob Fußspuren zu erkennen sind."

Diese Gitta! Ein stilles Wasser ... hatte Nanni nicht so gesagt? Sie betrachteten Gitta mit plötzlichem Respekt. So unauffällig, wie sie sich gewöhnlich benahm, so sah sie auch aus. Ihre große Nase schien das einzig Besondere an ihr zu sein – es war eine richtige Spürnase!

Sie folgten Gittas Rat und gingen vorsichtig um das Haus herum. „Hier, seht mal!" rief Irmela. „Sie haben Profilsohlen, und die Muster sind im Sand abgedruckt."

Gitta war im Nu neben Irmela und holte Papier und Bleistift aus der Tasche. Voll Bewunderung beobachteten die anderen, wie sie die zwei verschiedenen Muster abzeichnete, die an zwei Stellen beim Haus deutlich zu erkennen waren. Dann holte sie ein schmales Zentimetermaß aus der Tasche und maß die Abdrücke nach Länge und Breite.

„Du bist der reinste Meisterdetektiv!" sagte Bobby.

Die lachte und antwortete: „Das möchte ich einmal werden. Doch ich werde es kaum schaffen. Meine Eltern wollen nicht, daß ich zur Kriminalpolizei gehe."

Mehr feststellen konnten sie für dieses Mal nicht. So kramten sie in ihren Rucksäcken, holten das Badezeug und die Eßvorräte heraus und gingen zunächst einmal ins Wasser.

„Eiskalt, brrr!" rief Bobby, die als erste beim See war. Wie konnte das Wasser bei dieser Hitze nur so kühl sein?

„Wahrscheinlich fließt irgendwo Gletscherwasser hinein", meinte Irmela. „Die Gebirgsbäche sind ja meist kalt."

Sie ließen das Baden also bald wieder, aßen ihren ganzen Vorrat an Broten und Obst auf und legten sich dann im Schatten von halbhohen Latschenkiefern nieder. Dort warteten sie, bis die Mittagshitze vorüber war, und stiegen dann ab ins Tal.

„Wir müssen die Augen offenhalten", sagte Gitta eindringlich. „Vielleicht sehen wir eines Tages die beiden wieder. Ihr müßt bloß auf den sonderbaren Schlenkergang des einen und das helle Haar des anderen achten."

„Die Muster der Sohlenabdrücke kann man sich auch leicht merken", meinte Irmela. „Es kann ja sein, daß wir sie im Tal plötzlich entdecken."

Natürlich berichteten sie Hanni und Marianne von ihren Beobachtungen.

„Aber sagt niemand etwas davon", riet Gitta. „Je mehr Menschen in solch ein Geheimnis eingeweiht werden, desto schneller ist meistens alles verraten."

Wie sechs Verschwörer kamen sie sich vor. Die Sohlenmuster hatten sie sich abgezeichnet und trugen das Blatt immer bei sich.

Unternehmen Peter

Eines Tages stürzte Rosel morgens ganz aufgeregt in die Küche, wo die Hausmutter gerade den Frühstückskakao für die Kinder in große Kannen abfüllte. Hanni und Nanni waren im Begriff, mit ihren Kannen hinauszugehen.

„Was ist los, Rosel?" fragte Hanni überrascht und setzte ihre Kanne auf den nächsten Tisch.

Nanni tat das gleiche und fragte: „Hast du dich schon so früh ärgern müssen oder weshalb bist du so rot im Gesicht?"

Die Hausmutter und die übrigen Mädchen waren aufmerksam geworden und lauschten.

„Es ist eine Schande!" rief die sonst immer ruhige Rosel laut, „eine Schande fürs ganze Dorf!"

„Was denn – um Himmels willen? Nun red schon, mach's nicht so spannend."

„Ach, es geht um Peter."

„Peter?"

„Nun ja, um das Milchpferd."

„Das jeden Morgen den Milchwagen zieht und dem wir öfter einmal Zucker geben? Oder eine Mohrrübe?"

„Freilich – um dieses Pferd handelt es sich."

„Und was ist damit?"

Sie fragten durcheinander und wurden allmählich neugierig und gespannt.

„Heute morgen trottete es doch noch ans Haus und dann weiter zum Dorf", sagte die Hausmutter, die jeden Morgen um halb sieben draußen die Milch in Empfang nahm.

„Stimmt!" Rosel nickte mit einer richtig schwermütigen Miene. „Und kurz danach ist es im Dorf zusammengebrochen. Schon zum dritten Mal. Und da hat der Molkereimensch gesagt: ‚Nun ist endlich Schluß! Jetzt muß es zum Abdecker'."

„Zum . . ."

„Ja, zum Abdecker! Der da hinten im Tal wohnt, wo es immer stinkt. Dort soll es geschlachtet werden."

„Das ist ja gemein!" riefen alle Mädchen empört.

Rosel nickte. „Das finden sie im Dorf auch. So lange hat es treu und brav gearbeitet. Jeder hat es gern gehabt. Die Kinder sind drauf geritten. Es kannte alle Türen, vor denen es halten mußte. Und nun so."

„Wie will die Molkerei denn in Zukunft die Milch ausfahren?" fragte die Hausmutter.

„Mit dem Auto", erzählte Rosel. „Sie haben dort ja schon zwei. Bloß hier im Dorf war es nicht leicht, in den engen und steilen Straßen überall hinzufahren, deshalb blieb der Milchwagen mit Peter noch in Betrieb.

„Na, eigentlich ist das zu verstehen. Wir leben doch nun mal in einer Zeit, in der überall der Motor eingesetzt wird."

„Aber darum geht es doch gar nicht!" Rosel schaute die Hausmutter erstaunt an, und auch die Mädchen schüttelten die Köpfe. Sie begriffen wohl, was Rosel sagte: „Die Molkerei kann soviele Autos laufen lassen und soviele Läden einrichten, wie sie Lust hat. Doch den alten Peter zur Abdeckerei schicken, das ist eine Gemeinheit. Als ob er auf seine alten Tage nicht das Gnadenbrot verdient hätte!"

Die Hausmutter nickte bedächtig. „Damit hast du allerdings recht, Rosel. Viel frißt so ein altes Tier wirklich nicht, man sollte ihm die Feierabendruhe gönnen."

„Das haben ein paar Leute im Dorf dem Mann von der Molkerei auch gesagt. Ich weiß nicht, ob es der Besitzer selber war oder sein Bruder. Er hat jedenfalls nur gelacht und gesagt: ‚Macht euch nicht lächerlich. Es ist ja bloß ein Tier. Und wenn das nichts mehr nütze ist, muß es weg!‘“

„Eine feine Gesinnung.“

„So ein Rohling!“

„Kann man gar nichts dagegen tun?“ riefen die Mädchen durcheinander. Das gab im Heim Gesprächsstoff genug. Am eifrigsten war Carlotta. Sie schalt nicht bloß, sie handelte.

„Fräulein Wagner“, sagte sie, als die Heimleiterin während des Frühstücks kurz ins Zimmer schaute, „haben Sie schon die Geschichte von unserem Milchpferd gehört?“

„Nein. Erzähl mal!“

Carlotta berichtete. Die Kinder sperrten ihre Ohren weit auf. Sie ließen ihren Kakao stehen und schimpften tüchtig auf den Molkereibesitzer und gleich mit auf den Abdecker. Dazwischen jammerten sie: „Der arme Peter! So ein liebes Pferd!“ Sie kannten ja alle das brave Tier und hatten es oft gestreichelt, wenn sie ihm begegnet waren.

Fräulein Wagner, die Pferdefreundin, schwieg und überlegte. Dann meinte sie: „Ob ich es kaufen kann? Sehr viel dürfte es ja nicht kosten.“

Sie rief Karolin und gab ihr den Auftrag, sich bei der Molkerei zu erkundigen. Auf solch einen Ausweg hatte Carlotta im stillen gehofft! Fräulein Wagner ermahnte die Kinder: „Jetzt wird aber erst einmal gefrühstückt!“ und verließ den Raum.

Es wurde schwierig. Mittags erfuhren die Mädchen, daß die Molkerei das Pferd dem Abdecker bereits so gut wie verkauft hatte. Am nächsten Abend wollte der das Tier holen.

Karolin telefonierte mit dem Abdecker und bat ihn, das Pferd doch Fräulein Wagner zu überlassen.

„Ich denke gar nicht dran“, brummte der. „Und was will sie denn mit dem alten Gaul anfangen? Da kann sie ihr Geld genausogut zum Fenster hinauswerfen. Nee, nee, laßt ihr nur die Finger davon!“

„Es ist schließlich Fräulein Wagners Sache, ob sie ihr Geld für das Pferd ausgeben will“, wendete Karolin ein.

„Und meine Sache ist's, ob ich den Gaul verkaufen will. Ich will nicht! Sagen Sie das der Dame."

Da war also nichts zu machen.

Rosel berichtete, daß im Dorf immer noch helle Empörung herrschte.

Fräulein Wagner war niedergeschlagen, doch sie konnte auf alle Fragen nur achselzuckend antworten: „Ich weiß nicht, was man noch unternehmen könnte."

Carlotta tobte, aber das half auch nichts. Da kamen Hanni und Bobby auf eine glänzende Idee. Sie hatten am Nachmittag die Neunjährigen auf einem Spaziergang begleitet. Dabei hatten sie auch den Fluß überquert.

„Da hinten liegt die Abdeckerei", sagte Bobby, als sie jenseits der Brücke waren – und plötzlich war der Gedanke da. Stammte er von Hanni oder von Bobby? Sie wußten es hinterdrein selber nicht. Gegenseitig befeuerten sie sich mit immer neuen Einfällen und gerieten dabei in Siegerstimmung.

„Wann sprechen wir mit den anderen?" fragte Hanni.

„Nach dem Abendessen. Aber Vorsicht! Nur wir sechs von Lindenhof. Es gibt eine Geheimsitzung wie bei unseren Klubabenden im Internat."

„Und die Kinder?"

„Wir dürfen nur ganz zuverlässige auswählen. Aber auch die weihen wir erst morgen ein. Ich finde, wir sollten Hilfstruppen bei den Dorfkindern holen."

„Dann muß Rosel heute abend an der Sitzung teilnehmen. Sie kann uns da am besten helfen."

„Auch recht. Ich gebe ihr hernach einen Wink", sagte Bobby.

Nach acht Uhr tagten alle Lindenhof-Mädchen mit Rosel heimlich draußen im Pferdestall.

„Wir sind wieder sieben, wie wir es in unserem Klub zuerst waren", meinte Nanni. „Das nehme ich als gutes Vorzeichen."

Die andern waren von dem Plan begeistert, Rosel am allermeisten. „Ihr seid wirklich toll", sagte sie bewundernd. „Auf solchen Plan wäre ich nie gekommen."

„Dafür hast du nun aber die wichtigste Aufgabe. Kannst du die Kinder aus dem Dorf alarmieren?"

„Das tun meine Geschwister zu Hause. Ich habe zwei Brüder und drei Schwestern."

„Großartig! Und wie erfahren wir, wann der Abdecker kommt?" „Der fährt meist abends gegen fünf los, wenn er in der Umgebung Tiere abholt", berichtete Rosel. „Außerdem können wir auch Kundschafter aufstellen."

Am nächsten Tag war deutlich eine Unruhe im Heim zu merken. Die Milch war mit einem Auto gekommen. Aber niemand hatte zu dem Fahrer auch nur die leiseste Bemerkung gemacht. Doch im Haus standen immer ein paar Gruppen irgendwo zusammen. Es gab geheime Winke und bei allen Unbeteiligten große Neugier. Doch die Mädchen hatten ihre Hilfstruppe gut ausgewählt: Die Kinder hielten dicht, sie verrieten nichts.

Nach dem Nachmittags-Kaffee gingen drei von den Lindenhof-Mädchen – Bobby, Hanni und Carlotta – mit ein paar Gruppen wieder in Richtung Brücke spazieren. Sie hatten sich jede ihre Gruppe dieses Mal selber ausgewählt.

„Heute wechseln wir einmal", hatte Nanni vor dem Heim gerufen. „Es müssen ja nicht immer dieselben zusammenstecken. Ich gehe heute auch in eine andere Richtung als Hanni." Damit war sie mit ihren Kindern aufs Dorf zugegangen.

Eine Angst hatten alle noch: Was wurde, wenn eine Kindergärtnerin sie ausgerechnet an diesem Tag begleiten wollte? Nun – sie hatten Glück, es kam keine mit.

Kurz nach fünf hörten sie vom Dorf her einen Böllerschuß. Rosels ältester Bruder hatte ihn abgegeben: Eben fuhr der Abdecker mit dem Pferd Peter auf dem Wagen durchs Dorf. Es wurde Zeit ...

Um die Brücke herum war es still. Doch als der Abdecker auf die Brücke fuhr, lagerten dort quer über der Fahrbahn acht oder neun Jungen und Mädchen. Er hielt an.

„Was liegt ihr da herum? Macht mal Platz!" schrie er.

„Sie können hier nicht durch."

„Und warum nicht?"

„Weil Sie Peter schlachten wollen."

„Geht euch das etwas an?"

„Und ob! Peter ist ein fleißiges Pferd gewesen und soll noch nicht sterben."

„Nun hör sich einer die Bande an! Soll ich vielleicht Geld verschenken? Ich habe den Gaul gekauft. Bar bezahlt."

„Fräulein Wagner wollte ihn Ihnen abkaufen."

„Aha, daher weht der Wind! Aber jetzt ist Schluß. Platz da!"

Kein Kind rührte sich von der Stelle. Der Abdecker stieg vom Wagen. „Jeden einzelnen von euch verprügele ich, wenn ihr die Brücke nicht sofort räumt", drohte er.

Carlotta, die hinter einem Brückenpfeiler saß, pfiff laut. Unter der Brücke kamen noch mehr Kinder zum Vorschein.

„Fangen Sie nur bitte an", sagte ein großer Junge und fragte scheinbar höflich: „Wer ist zuerst dran?"

„Anfangen? Womit?" fragte der Abdecker verwirrt. „Was meinst du?"

„Sie wollten uns doch verprügeln", antwortete der Junge immer noch betont höflich.

„Verflixter Lausejunge", knurrte der Mann, „da würde ich heute nicht mehr fertig. Aber ihr werdet euch wundern: ich fahre jetzt einfach drauflos. Aus dem Weg oder ..." Er stieg auf den Wagen und hupte dreimal laut.

Carlotta pfiff noch einmal.

Da kletterten wieder andere Jungen und Mädchen die Böschung herauf oder krochen hinter Büschen hervor ... War denn die ganze Dorfjugend auf den Beinen?

Sie stellten sich mitten in den Weg, sie setzten sich oder legten sich längelang hin. Carlotta, Hanni und Bobby waren dazwischen.

Dem Abdecker verschlug es die Sprache. Diese Bande! Wütend schüttelte er die Fäuste. Doch mit einem Mal mußte er lachen. „Was wollt ihr eigentlich?" fragte er.

Carlotta erhob sich und sagte: „Daß Sie den alten Peter der Leiterin des Kinderheimes überlassen!“

Einen Augenblick schwieg der Mann. Dann lachte er laut, musterte Carlotta, Hanni und Bobby, die sich dicht vor ihn gestellt hatten, und meinte gemütlich: „Also meinetwegen! Ihr habt gesiegt. Da habt ihr euren alten Gaul!“

Er sprang vom Auto, ging zu dem Anhänger und holte Peter heraus.

„Vergeßt nur nicht, daß ihr ihn kaufen müßt. Vierhundertfünfzig Mark habe ich für ihn bezahlt. Eigentlich müßte ich euch noch ein Draufgeld abverlangen, weil meine Zeit und mein Verdienst futsch sind. Aber ich will mal nicht so sein!“

Nun machten ihm alle bereitwillig Platz, als er mit dem leeren Auto über die Brücke ratterte. Jubelnd nahmen sie Peter in die Mitte und zogen mit ihm zum Kinderheim.

Daß es den drei großen Mädchen bänglich ums Herz war, ahnten die meisten nicht. Schließlich hatten sie ja das Unternehmen recht eigenmächtig begonnen.

Was wird Fräulein Wagner sagen? dachte jede von ihnen im stillen. Ob sie überhaupt zahlen will? Hanni sagte schließlich zu den anderen beiden: „Ich finde, wir sollten ihr von unserem Taschengeld einen Zuschuß anbieten. Wir verzichten eben ein paarmal darauf. Was meint ihr?“

Die beiden nickten, und Bobby sagte: „Einen ähnlichen Vorschlag hat Marianne gestern schon gemacht. Sie fand, daß Fräulein Wagner nicht alle Kosten für Peter übernehmen kann. Die anderen sind damit gewiß einverstanden.“

Im Heim wußte man inzwischen Bescheid über das „Unternehmen Peter“.

Eigentlich war ja längst Zeit zum Abendessen. Für diesen Fall hatten die Lindenhof-Mädchen verabredet, daß die drei Unbeteiligten die Verspätung erklärten. So wurde es auch leichter, mit der großen Kinderschar einzumarschieren.

Fräulein Wagner trat lachend heraus. Sie hatte zunächst mit einiger Verblüffung und sogar mit einem kleinen Schrekken angehört, was los war.

Aber ihre eigene Pferdeliebe war viel zu groß, als daß sie ärgerlich geworden wäre. Sie ging zu dem geretteten alten Peter, der geduldig und brav zwischen den vielen Kindern wartete, und klopfte ihm den Hals.

„Da haben wir dich ja, alter Knabe! Du sollst es gut bei uns kriegen. Und euch allen“, sagte sie zu den Kindern, die sie voll Siegerstolz anschauten, „euch danke ich sehr, sehr herzlich. Hoffentlich bleibt ihr euer Leben lang echte Tierfreunde. Jetzt lauft schnell heim, damit eure Eltern sich nicht sorgen!“

Als die jungen Mädchen am nächsten Tag wie üblich beim Mittagessen mit Fräulein Wagner zusammensaßen, fing Carlotta noch einmal von der Pferdegeschichte an.

Jubelnd zogen die Kinder mit dem geretteten Pferd davon

„Fräulein Wagner", sagte sie, „wir zwölf haben gestern abend noch einmal lange überlegt. Das Pferd ist ja teuer, und wir haben Sie nicht einmal gefragt, ob Sie es wirklich kaufen wollten, sondern es Ihnen einfach ins Haus gebracht. Deshalb wollen auch wir unseren Beitrag für Peter leisten. Wenn Sie uns zwölf zweimal das Wochentaschengeld abziehen, dann ist Ihnen doch geholfen, nicht wahr?"

Fräulein Wagner war ehrlich überrascht. „Das ist sehr lieb von euch gedacht, und ich bedanke mich für den guten Willen. Doch laßt nur! Die vierhundertfünfzig Mark kann ich schon bezahlen. Ich denke, Peter kann für die Kleinsten noch als Reitpferd dienen. Auf Peter werden auch die steigen, die sich nicht auf die Ponies wagen."

„Trotzdem möchten wir etwas beisteuern. Bitte, bitte, erlauben Sie uns das!"

„Also gut! Einigen wir uns auf die Hälfte. Wenn ihr einmal aufs Taschengeld verzichtet, habe ich dreihundertsechzig Mark von euch bekommen. Damit kann ich Peter lange füttern."

So war Peter gerettet, und alle waren zufrieden. Und von da ab hatten die Dorfkinder immer, wenn sie an der Koppel der Pferdeburg vorbeikamen, einen Leckerbissen für Peter dabei: ein Stück Zucker, das sie der Mutter abgebettelt, oder eine Rübe, die sie vom Acker stibitzt hatten.

Die Hausmutter hat Pech

Ganz geheilt waren Jutta und Karin von ihrer Petzerei doch noch nicht. Das zeigte sich eines Tages.

Die Kinder waren alle draußen beim Spiel. Am Tag vorher hatte es ein Gewitter gegeben und danach einen tüchtigen Regen. Nun waren alle froh, daß sie wieder hinaus konnten, und tobten herum.

Ein paar Mädchen – Hildegard und Hildegund waren auch dabei – spielten Handball. Sie gerieten in gefährliche

Nähe des Wäscheplatzes, wo die Hausmutter zwei Waschmaschinen voll Bettwäsche aufgehängt hatte.

„Heute wird es gut trocknen", hatte sie zu Jutta und Karin gesagt, die mit aufhängten. „Der leichte Wind und die Sonne helfen ... fein, da kann ich nachmittags alles wegbügeln."

Der Wäscheplatz war nicht eingezäunt. So kam es, daß der Ball versehentlich dorthin geschlagen wurde. Er war nicht besonders sauber, es standen ja vom Tag vorher immer noch ein paar Wasserlachen in der Wiese, und er war öfter hineingekullert. Nun aber knallte er mit Wucht gegen einen Bettbezug. Zwei Kinder sahen es sofort und wollten ihn abfangen. Dabei verwickelten sie sich zunächst in ein flatterndes Laken und rissen es zum Teil von der Leine. Der Bezug war trotzdem nicht gerettet: Der Ball hatte einen gewaltigen Schmutzfleck hinterlassen.

Da standen sie nun tief betroffen und besahen sich den Schaden. Was würde die Hausmutter sagen?

Eine kurze Beratung – dann holten sie mit vieler Mühe und viel Zerren den Bezug von der Leine.

„Das Bettuch ist auch ein bißchen verschmiert", sagte eine. So reckten sie sich noch ein zweites Mal zu der hochgespannten Leine und holten das Laken herunter.

Eine von den Zwillingen hatte inzwischen das Gelände untersucht. „Niemand hier!" rief sie von der Hausecke, und schon sauste die übrige Gruppe zum Fluß hinunter.

Dort spülten und schrubbten sie an den Flecken herum, bis der Schmutz weg war. Wenigstens fanden sie das selber.

Vorsichtig schlichen sie dann auf ein Zeichen von Hildegund – oder war es Hildegard? –, die immer noch an der Hausecke Posten stand, wieder zur Leine. Ein Mädchen hatte einen großen Holzklotz entdeckt. Den schoben sie heran, halfen einer hinauf und reichten ihr dann den Bezug zum Anklammern.

Es war eine umständliche Sache. Die Leine war hoch, die beiden Wäschestücke waren nicht leicht zu halten, denn sie durften ja nicht noch einmal auf den Boden fallen! Der Holzklotz mußte immer wieder gerückt werden ...

Sie hatten es gerade geschafft, beide Stücke aufzuhängen, als Hildegund – oder Hildegard – pfiff und ihnen winkte, davonzulaufen. Sie selber schlenderte Jutta und Karin entgegen, die eben aus dem Haus kamen. Sie fragte:

„Habt ihr meine Schwester gesehen?“

„Nein“, antwortete Jutta. „Sie wird um diese Zeit doch kaum im Haus sein.“

„Vielleicht doch“, war die Antwort. „Sie sollte ja Fräulein Busch Bescheid sagen, wenn wir fertig sind. Wir gehen heute nämlich noch einmal zum Baden.“

„So“, sagte Karin, „dann viel Vergnügen.“

Das Zwillingsmädchen klopfte bei Fräulein Busch an die Zimmertür, ging hinein und fragte: „Bitte, Fräulein Busch, dürfen wir heute ins Bad? Es ist doch noch warm.“

„Ach Kind“, meinte Fräulein Busch, die beim besten Willen nicht sagen konnte, ob Hildegard oder Hildegund vor ihr stand, „wir verschieben das Baden lieber auf den Nachmittag. Dann hat sich das Wasser noch mehr erwärmt. Außerdem hole ich mir bis dahin ein paar Helferinnen.“

„Danke.“ Die Kleine knickste brav. „Ich erzähle es den anderen.“ Sie lief schnell hinaus, machte aber einen Bogen um die Stelle, wo sie vorher Jutta und Karin getroffen hatte.

Die Kinder wußten nicht, daß Fräulein Wagner zufällig am Fenster gestanden hatte, als der Ball so unglücklich gegen die Wäsche fiel. Vergnügt hatte sie beobachtet, wie die Bande mit den schmutzigen Stücken absauste. Diesen Spaß ließ sie sich nicht entgehen! Sie wartete, bis die Kinder zurückkamen, und sah zu, wie angestrengt sie sich plagten, bis alles wieder hing.

Ich gebe der Hausmutter nachher einen Wink, daß sie wegen der schmutzigen Sachen nichts sagt – nahm sie sich vor. Daß die Stücke, so mühselig sie gesäubert sein mochten, noch lange nicht einwandfrei waren, das erkannte sie vom Fenster aus deutlich.

Ein paar Anrufe und eilige Arbeiten kamen dazwischen – sie konnte vor dem Essen nicht mehr mit der Hausmutter sprechen.

Die Wäsche war bald trocken. Frau Baumann ging hochbefriedigt durch die Reihen und nahm ein paar Stücke gleich ab. An der letzten Reihe stutzte sie. Der Bezug und das Laken waren noch klatschnaß, als wären sie nie geschleudert worden! Und wie sahen sie überhaupt aus? Da hatte doch jemand ein paar gewaltige Schmutzstellen hineingebracht!

In der Nähe spielten die Kinder. Ungefähr konnte die Hausmutter sich vorstellen, was passiert war. Es geschah ja nicht zum ersten Mal. Aber wartet nur, ihr Bande, dachte die Hausmutter schmunzelnd, die Ohren werde ich euch doch ein bißchen langziehen!

Beim Mittagessen fragte sie plötzlich: „Was habt ihr eigentlich mit der Wäsche angestellt?" Sie tat, als bemerkte sie die erschrockenen Blicke einiger Kinder nicht. „Nun, wer hat den einen Bezug in den Schmutz geworfen?"

Schweigen . . .

In den Schmutz geworfen haben wir ihn nicht! dachten die Mädchen. Und ob der Ball dagegen fiel, danach hat niemand gefragt. – Ein schlechtes Gewissen hatten sie trotzdem.

Fräulein Wagner wollte schon eingreifen. Doch da sagte Jutta laut: „Hildegard war es."

„Was?" rief der eine Zwilling, „wie kommst du darauf?"

„Dann war es deine Schwester."

„Iiiich?" rief der andere Zwilling. „Na hör mal!"

„Wir haben dich ja getroffen, als du vom Wäscheplatz kamst", sagte Jutta.

„Und da machtest du ganz den Eindruck, als wäre dein Gewissen nicht blütenrein", fügte Karin hinzu.

„Ich habe meine Schwester gesucht."

„Das war bestimmt eine Ausrede."

„Nein", sagte Hildegard, „Hildegund wollte wegen des Badens zu Fräulein Busch gehen."

„Das hat sie auch getan", bestätigte Fräulein Busch.

„Na also!" triumphierte Hildegard.

Karin und Jutta schwiegen. Doch sie sahen wütend aus. Sie wollten schon dahinterkommen, was die Zwillinge da wieder angestellt hatten.

Die übrigen Übeltäter zogen bei dem Streit die Köpfe ein. Sie wagten kaum zu hoffen, daß sie glimpflich davonkommen würden. Doch sie zerbrachen sich nicht weiter die Köpfe. Wahrscheinlich trockneten die Sachen über Mittag – dachten sie –, dann war es gut!

Nach dem Essen rief Fräulein Wagner Jutta und Karin in ihr Zimmer. Sie bat auch die Hausmutter zu sich.

Überrascht hörten Jutta und Karin zu, als die Heimleiterin schilderte, was sie beobachtet hatte. Da waren sie mit ihrem Verdacht gehörig in die Irre gegangen! Daß eine von den Zwillingen sie trotzdem überlistet hatte, ahnten sie nicht und erfuhren es niemals.

Fräulein Wagner und die Hausmutter lachten herzlich. Dann aber wandte die Heimleiterin sich ernst an die jungen Mädchen, die mit recht törichten Gesichtern vor ihr standen.

„Ich weiß, ihr meint es nicht böse. Doch mit euren Anschuldigungen müßt ihr vorsichtiger sein. Es wird manchmal über euch geklagt, und manche haben keine schöne Bezeichnung für euch. Sie nennen euch Petzen."

Knallrot wurde Karin und leichenblaß Jutta.

„Ihr wißt", fuhr Fräulein Wagner fort, „daß ich große Stücke auf euch halte, weil ihr gewissenhaft und zuverlässig seid. Aber ihr braucht ein bißchen mehr Humor. Ist es nicht köstlich, wie diese Kleinen lossausten und den angerichteten Schaden in Ordnung bringen wollten? Natürlich klappte es nicht tadellos. Dabei haben sie am Fluß wahrscheinlich schwer geschuftet. Frau Baumann steckt das bißchen Wäsche beim nächsten Mal wieder in die Maschine, und alles ist in Ordnung, nicht wahr, Hausmutter?"

Die nickte. „Natürlich. Fräulein Wagner hat schon recht, ihr beiden: lieber über eine Dummheit lachen, als ein Verbrechen daraus machen."

Von da ab klagte niemand wieder über Jutta oder Karin.

Es wurde September. Ein großer Teil der Kinder fuhr nach Hause. Andere kamen, aber nur knapp halb soviel wie weggefahren waren. Diesmal erschienen meist Jungen, und die waren ganz wild aufs Reiten.

„Stalldienst ist die Bedingung, wenn ihr reiten wollt!" hatte sie sofort erklärt, und auf diese Weise hatten sie genügend Hilfe bei der Pferdepflege.

Der alte Peter war ein braves, geduldiges Reitpferd für Anfänger. „Los, vorwärts, hüh!" mochte einer rufen, soviel er wollte – Peter ließ sich nicht aus der Ruhe bringen.

Mitte oder Ende September sollte im Dorf das Herbstfest stattfinden.

„In den letzten Jahren haben wir uns immer ein bißchen beteiligt", meinte Fräulein Wagner. „Wollen wir es dieses Jahr nicht genauso halten?"

Alle Mädchen waren dabei und versprachen, sich etwas einfallen zu lassen. Carlotta überlegte, ob sich ihre Reitschüler nicht zeigen konnten. Aber davon riet die Heimleiterin ab. Doch meinte sie: „Du selber mußt dich melden, Carlotta. Du bekommst mein eigenes Pony, dann zeig mal alle deine Reitkünste!"

Beide unternahmen wieder regelmäßig ihre Morgenritte, damit Carlotta ein wenig üben konnte. Dabei erzählte Fräulein Wagner, daß sie im Oktober auch Urlaub machen wollte. „Mit meinem Bruder und meinem Verlobten gehen Karolin und ich dann hoch hinauf in die Berge! Darauf freue ich mich schon lange. Ein Glück, daß wir jetzt nicht viele Neue haben. Nächsten Montag kommt Berti vom Urlaub zurück, dafür nehmen Irmela und Gitta ihre Ferien."

„Und wenn Sie im Oktober nicht da sind?" fragte Carlotta. „Bleibt das Heim dann geschlossen?"

„Das geht nicht. Frau Lennert und die Hausmutter regieren in dieser Zeit. Deshalb ist Frau Lennert ja vorgestern in Urlaub gegangen. Sie kommt rechtzeitig zurück."

Mit der Hausmutter klappte es freilich leider nicht: Zwei Tage später stolperte sie morgens und brach sich ein Bein. Der Krankenwagen fuhr vor, zwei Männer brachten eine Trage und schafften die Hausmutter ins Krankenhaus.

Das war ein schlimmer Schreck fürs ganze Heim. Viele Kinder wagten an diesem Tag kaum laut zu lachen wie sonst. Fräulein Wagner und Fräulein Seifert beruhigten sie aber.

„Ihr dürft ruhig vergnügt sein. Die Hausmutter bekommt ihr Bein in Gips verpackt. In ein paar Tagen ist sie gewiß wieder bei uns!" versicherte Fräulein Wagner.

Ihr selber war aber auch gar nicht fröhlich zumute. Die Ferienvertretung ließ sich gewiß einrichten. Doch wer sollte jetzt kochen?

Frau Lennert – ja, die verstand etwas davon, aber sie war ja in Urlaub. Fräulein Seifert und Fräulein Busch wehrten erschrocken ab.

Karolin? „Stell mich nur nicht auf die Probe", sagte sie zu Fräulein Wagner, „es gibt eine Katastrophe!"

Rosel? „Ja, ein bißchen verstehe ich schon. Aber für dreißig, vierzig Menschen kochen, das kann ich nicht."

Wer blieb übrig? Fräulein Wagner selber. Sie versuchte, eine erfahrene Frau aus dem Dorf zu bestellen. In zwei, drei Tagen wollte sie kommen. Inzwischen aber?... Fräulein Wagner konnte nämlich auch nicht kochen, genauso wenig oder vielleicht noch weniger als Karolin oder Fräulein Busch oder Fräulein Seifert. Das wollte sie bloß niemand merken lassen.

Sie ging also tapfer in die Küche und band sich zunächst einmal die große Schürze der Hausmutter um.

„Huch, ich hätte Sie beinahe nicht erkannt", meinte Rosel lachend, als sie von draußen in die Küche kam. „Sie versinken ja in der Schürze!"

„Ich bin's aber, Rosel. Was kochen wir heute?"

Ja, was? Sie rieten hin und her. Eintopf – das war das beste! Bohnengemüse ... haben wir genug Bohnen? Wieviel sind nötig? So zehn, zwölf Pfund brauchen wir schon. Aber wer macht sie fertig? Ob ein paar Mädchen helfen können?

„Die meisten sind beim Baden", meinte Rosel, „und kommen vor Mittag nicht heim. Die andern, die frei haben, wissen ja noch nicht, daß die Hausmutter verunglückt ist. Die sind alle fort. Und Kartoffeln müssen auch noch geschält werden."

Daraus wurde also nichts. Was gab es sonst an einfachen Gerichten? Fleischklopse und Pellkartoffeln vielleicht.

„Ich kann schnell Hackfleisch holen", bot Rosel an.

„Was meinst du, wieviel wir brauchen?"

„Das sagt uns die Metzgerin gewiß."

„Blamieren wir uns damit auch nicht, Rosel?"

„Glaub ich nicht. Aber wissen Sie was, Fräulein Wagner, Bohneneintopf ist doch das beste. Wir können ein paar Gläser aufmachen. Die Hausmutter hat viele Bohnen eingekocht."

„Eine großartige Idee! Komm, wir gehen in die Speisekammer." Zwölf Gläser nahmen sie. Dann war der Topf, den die Hausmutter benutzte, zu zwei Drittel gefüllt. Rosel schälte Kartoffeln, die nötige Menge schätzte sie ab. Fräulein Wagner suchte ein Kochbuch. Wo stand das bloß?

Sie entdeckte es im Zimmer der Hausmutter. Eifrig schlug sie unter „Bohneneintopf" nach. „Bratwürste und Kartoffeln fünf Minuten kochen, Bohnen und Gewürze zugeben, zehn Minuten kochen lassen ..." Bratwürste!

„Rosel, fahr zum Metzger und hole welche. Wir brauchen vierzig ... oder nimm lieber fünfzig. Beeil dich!"

„Na", sagte Rosel ahnungsvoll, „wenn er bloß so viele hat."

Er hatte nicht! Fünfundzwanzig Stück brachte Rosel mit. Sie zerschnitten sie in kleine Scheiben, kochten sie mit den Kartoffeln, die Fräulein Wagner inzwischen fertig geschält hatte, und gaben die Bohnen darunter. „Zwiebelwürfel in Butter bräunen und dazugeben ..." Es schmeckte gar nicht schlecht. Salz fehlte noch. Ob sie nicht besser körnige Fleischbrühe druntermischten? Sie waren so stolz auf diesen klugen Einfall, daß sie ein bißchen zu reichlich körnige Brühe nahmen. Nach dem scharfen Essen jammerten die Kinder den ganzen Nachmittag über Durst.

Nun – Fräulein Wagner war großzügig. Jeder durfte soviel Limonade trinken, wie er wollte. Das nutzte die Bande natürlich aus. „Komm", sagte Karli, die immer noch im Heim war, zu ihrem neuen Freund Thomas, „ich weiß, wo noch ein Kasten mit Limo steht. Die anderen sind ja leer."

Auch der Nachtisch war an diesem Tag üppig: sechs Gläser mit Kirschen mußten dran glauben – große Gläser. Nach diesem einen Tag gab es in den sorgsam gehüteten Vorräten der Hausmutter schon große Lücken. Die wird ihre Freude haben, wenn sie wiederkommt! dachte Rosel.

Den Kakao am Nachmittag und die Brote machten Rosel und drei Mädchen fertig. Es waren drei, die eigentlich frei hatten, aber sie halfen natürlich.

Fräulein Wagner beschloß, für den Abend eine Milchsuppe zu kochen, das tat die Hausmutter öfter, und es war schließlich ein Kinderspiel . . . dachte sie. Es wurde eine Katastrophe.

Sie stellte eine Kanne voll Milch, Mehl Salz und Zucker bereit. Wieviel Mehl auf wieviel Milch? Im Kochbuch stand kein Rezept für Milchsuppen – es war eben ganz einfach.

Sie rührte Mehl in einem Teil kalter Milch an. Es gab ein paar Klumpen, doch die würden beim Kochen gewiß vergehen. Als die Milch kochte, schüttete sie die Mehlsoße hinein. Die Klumpen vergingen nicht, sondern das Ganze wurde ein zäher Brei. Den würden die Kinder gewiß nicht essen, es mußte Milch hinzu! Der große Topf reichte nicht aus. Sie füllte etwas von dem Brei in eine Schüssel ab und goß Milch in den Topf. Nun war die Suppe wieder zu dünn! Aber von dem Brei konnte sie auch nichts mehr dazugeben, der war noch zäher geworden. Außerdem roch es verdächtig nach Anbrennen.

Fräulein Wagner räumte eilig alles beiseite, ehe die Mädchen wieder in die Küche kamen, und gab als Abendmahlzeit warme Milch und die beiden Hefezöpfe, die die Hausmutter am Abend vorher gebacken hatte. Sie waren eigentlich für den Sonntag bestimmt, aber Not kennt kein Gebot!

Der erste Tag war überstanden, und am andern Morgen brachte Rosel ihre Tante zum Helfen mit. Fräulein Wagner hätte am liebsten beide umarmt. Von da ab klappte es wieder mit dem Essen.

Unerwartete Gäste

Ausgerechnet am nächsten Tag aber gab es eine neue Aufregung in der Pferdeburg.

Fräulein Wagner war als erste aufgestanden. Sie ahnte ja noch nichts von der Hilfe, die Rosel mitbrachte, und wollte beizeiten gerüstet sein. Das Milchauto mußte bald kommen. Sie schloß die Haustür auf.

Die leere Milchkanne vom Tag vorher stand schon draußen. Und daneben hockte ein Junge von vielleicht neun Jahren. Er schlief und lag an den Rücken eines großen Schäferhundes gelehnt, der auch zu schlafen schien. Aber er öffnete die Augen und hob den Kopf, als er jemand kommen hörte.

„Nanu, wen haben wir denn da?" fragte Fräulein Wagner.

Der Junge hörte nicht und wachte erst auf, als sie ihn leicht an der Schulter rüttelte. „Ja, was ist denn?" fragte er verschlafen.

„Wer bist du? Und wo kommst du her?"

Mit einem Mal war der Junge hellwach. „Ist dies die Pferdeburg?"

„Ja, das ist sie."

„Dahin will ich."

„Und warum?"

„Wegen Senta." Der Schäferhund wandte den Kopf zu dem Jungen, stand auf und streckte sich. Es war eine schöne Hündin mit klugen Augen und mit auffallend hellem Fell.

Fräulein Wagner sah die beiden an. Ein bißchen struppig waren sie wohl, aber gewiß nur von der letzten Nacht, in der sie anscheinend herumgestrolcht waren.

„Na, kommt erst mal rein. Ihr habt sicher Hunger. Danach erzählst du mir, weshalb ihr gekommen seid." In der Tür drehte sie sich um zu den zwei unerwarteten Gästen, die ihr langsam folgten. „Wie heißt du eigentlich?" fragte sie den Jungen.

Der zögerte einen Augenblick, dann sagte er: „Pitt."

Na, wenn das stimmt, bin ich Rumpelstilzchen! dachte Fräulein Wagner.

Sie sah gerade die Zwillinge die Treppe herunterkommen und rief ihnen zu: „Hanni und Nanni, hier ist ein früher Gast – nein, es sind zwei Gäste, Pitt und Senta, die müssen ein bißchen ausruhen und sich sattessen. Und Pitt soll sich erst mal waschen. Bitte sorgt für die zwei."

Der Junge war bestimmt sehr müde. Aber als er die Zwillinge vor sich sah, kullerten ihm doch die Augen beinahe aus dem Kopf, und er platzte heraus: „Wo jibt's denn sowat! Detselbe Meechen zweemal!"

„Bist du ein Berliner?" fragte Hanni sofort.

„Nee, nee", sagte der kleine Bursche erschrocken, „det ... das mache ich bloß manchmal, daß ich so rede."

Hanni und Nanni sahen sich an.

„Und woher kommst du wirklich?"

„Aus dem Zug. Von der nächsten Station."

„Von Wendelkirchen etwa? Seid ihr von dort hergelaufen, du und dein Hund?"

„So ungefähr. Aber nun sind wir hungrig."

„Also komm. Wir fragen dich nicht weiter aus", versicherte Nanni.

Pitt brummelte etwas wie: „Det will ick hoffen."

Es war noch früh am Morgen, der Eßraum war leer. Hanni holte einen Becher und einen Teller aus dem Schrank. Nanni sauste in die Küche und brachte Milch und Brote für Pitt. Fräulein Wagner erschien gerade aus dem Nebenraum mit einer gewaltigen Schüssel Milch-Mehl-Pamps.

„Der Hund muß ja auch etwas bekommen", sagte sie zu Nanni. Die guckte sie schief von der Seite an: Woher hatte Fräulein Wagner das komische Hundefutter geholt? Von dem mißglückten Kochversuch ahnte sie ja nichts. Die Heimleiterin aber dachte erleichtert: So werde ich das Zeug auf gute Weise los!

Sie stellte die Schüssel vor Senta und sagte: „Nun friß, mein Hundchen, und laß es dir schmecken."

Senta schnupperte mißtrauisch an dem Brei. Doch den Hunden geht es wie den Menschen: Hunger ist der beste Koch! Sie schleckte die ganze Schüssel leer.

Pitt hatte einen Blick auf den Brei geworfen. „Na, det Feinste isset ja nu wirklich nich für so'n jroßen Hund", meinte er. „Aber laß man, Senta, mal jeht's ooch so!"

Inzwischen kam Rosel mit ihrer Tante. Fräulein Wagners Sorgen waren im Handumdrehen vergangen.

„Sag mal, Pitt", redete sie ihn an, „du bist doch ausgerückt?"

Zu ihrer Verblüffung nickte der Junge. „Das bin ich - wegen Senta", sagte er im schönsten Hochdeutsch.

„Und hast du gar nicht überlegt, daß deine Eltern sich sorgen werden?"

„Ach, vorläufig sorgen Sie sich nicht. Bis die es erfahren, vergeht eine ganze Weile."

„Wieso? Kommst du nicht von zu Hause?"

„Nee, nee. Also ich werde es erzählen. Aber wie ich richtig heiße, das sage ich nicht. Pitt genügt."

„Also erzähle."

„Sehen Sie, Frollein, ich war mit meinen Eltern in Italien. Mein Onkel und meine Tante waren auch dort, mit ihren Kindern. Alles Mädchen, vier Stück. Und mit Senta. Meine Eltern wollten noch vierzehn Tage wandern – in den Abbruzzen, so heißen die Berge da unten, und Räuber gibt's dort vielleicht auch noch. Da sollte ich solange mit den Verwandten heimfahren und bei ihnen bleiben. Na ja – vier Mädchen, daran war ich nicht gewöhnt. Aber ich wollte Vater und Mutter den Spaß nicht verderben. Ich hatte ja außerdem noch Senta. Unterwegs haben wir erst noch 'ne Pause gemacht. In Verona waren Onkel und Tante im Theater, und dann sind wir zwei Tage in Bozen geblieben. Auf einmal sagte eins von den Mädchen – weil Senta doch bald Junge kriegt –, meine Senta hätte ihren Stammbaum verdorben und dürfte die Jungen nicht behalten. Die müßten sofort weg. Wie finden Sie das, Frollein? Die wollten der Senta einfach ihre Kinder wegnehmen! Ich habe den Onkel gefragt, ob sie wirklich so gemein sein wollten. ‚Das verstehst du nicht', hat er geantwortet. Da habe ich gedacht, ich lasse das nicht zu. Lieber rücke ich mit Senta aus."

„Und wie bist du gerade hierher gekommen? Hast du nicht sogar nach der Pferdeburg gefragt? Woher weißt du denn diesen Namen?"

„Von meinen Kusinen war eine Freundin hier." Er sah Fräulein Wagner von der Seite an und zwinkerte vergnügt mit den Augen. „Erraten können Sie es ja nicht, wer das war. Aber sie hat meinen Kusinen anscheinend viel von der Pferdeburg erzählt. ‚Wir kommen gegen Abend durch Wendelkirchen', haben sie dann gesagt. ‚Das ist die Bahnstation. Wir müssen hinaussehen, ob wir die Pferdeburg entdecken.' Da habe ich heimlich meinen Rucksack aus dem Koffer geholt und ein paar Sachen hineingetan. Auch ein bißchen Essen habe ich dazugeschmuggelt. Meine Geldtasche trage ich sowieso bei mir. Fünfzig Mark haben Vater und Mutter mir gegeben."

„Aber hat denn niemand gemerkt, daß du ausgestiegen bist?"

„Keine Bange, die haben nichts entdeckt! Senta und ich saßen mit den Mädchen in einem Abteil, Onkel und Tante waren nebenan und schliefen. Als Wendelkirchen kam, sind die Schwestern alle zum Gang hinaus und wollten gucken. Ich bin mit Senta und dem Rucksack aus dem Abteil und zur Tür gegangen. Als der Zug hielt, sind wir ausgestiegen – nach der falschen Seite. Dann sind die anderen weitergefahren, und wir sind losgezogen."

„Seid ihr die ganze Nacht durch gewandert?"

„Nicht doch, Frollein! Erst sinn wa mit'm Laster een janzet Stück jefahren. Die haben det jar nich jemerkt. Der Fahrer war jrade inner Kneipe. Und später sinn wa runter vom Wagen, als der wieder hielt. So weit war et nu jar nich mehr." Er hörte wieder auf zu berlinern. „Geschlafen haben wir zwischendurch in einer Scheune auf dem Feld. Früh sind wir weiter, bis wir hier ankamen. Dann haben wir wieder geschlafen, auf einmal waren Sie da!"

Na, das war ja eine schöne Bescherung! Was hatten die Verwandten wohl gesagt, als sie – spätestens an diesem Morgen – den Jungen nicht mehr fanden?

„Pitt", sagte Fräulein Wagner eindringlich, „oder wie du wirklich heißt, stell dir doch mal vor, wie erschrocken dein Onkel und deine Tante jetzt wohl sind! Sie tragen doch die Verantwortung für dich."

„Stimmt. Weeß ick. Aber schad't nischt. Die wollten Senta ja auch ihre Kinder wegnehmen. Meinen Sie, ein Hund hat kein Gefühl?"

Er ließ sich nicht überzeugen, Fräulein Wagner mochte reden, was sie wollte.

Hanni und Nanni hatten dem Verhör stumm gelauscht. Sie verstanden schon, daß Fräulein Wagner recht hatte. Trotzdem waren sie ganz auf Pitts Seite. Als die Heimleiterin hinausgerufen wurde, sagten sie schnell: „Du hast ganz recht, Pitt!"

„Wir helfen dir und Senta. Laß uns nur erst überlegen, wie."

„Wat denn, wat denn!" berlinerte Pitt überwältigt. „So wat Vernünftjes jibt's? Bei Meechen? Und jleich doppelt!"

Sie hörten Fräulein Wagner draußen mit Karolin sprechen und flüsterten schnell: „Heute nachmittag sagen wir dir Bescheid. Verlaß dich nur auf uns."

Da trat Fräulein Wagner wieder ins Zimmer. „Pitt, ich bin dafür, daß ihr beide – du und Senta – jetzt erst mal schlaft. Ich unternehme inzwischen nichts, das verspreche ich dir. Nanni, bring ihn in das leere Zimmer im zweiten Stock!"

„Also, Frollein, jetz entpuppen Sie sich ooch noch als so'ne Art Engel! Junge, Junge, ick jloobe, det is det Paradies. Komm, Senta!"

Damit verließen die drei das Zimmer. Hanni und Fräulein Wagner sahen sich an und lachten schallend.

Mittags fragte Gitta: „Fräulein Wagner, muß ich unbedingt nächste Woche in Urlaub gehen?"

„Aber nein, Gitta. Es war doch nur so ausgemacht!"

„Dann möchte ich ihn gern um vierzehn Tage verschieben."
„Gut, einverstanden."
„Warum willst du denn unbedingt noch hierbleiben?" fragte Irmela abends, als sie und Gitta in ihrem gemeinsamen Zimmer waren.
„Stell dir vor, Irmela, ich habe eine Spur. Ich hätte es dir ohnehin erzählt. Wir gingen heute in Richtung Zeltplatz. Und da – an einem sandigen Wegstück – entdeckte ich die gleichen Abdrücke von Profilsohlen wie am Surlinsee."
„Wirklich – genau die gleichen?"
„Tatsächlich. Ich habe vorsichtshalber das Blatt mit den Zeichnungen aus der Geldbörse genommen. Sie paßten genau zu der neuen Spur."
„Also muß ..."
„Warte! Ich folgte der Spur, soweit sie zu erkennen war. Danach schlenderte ich über den Platz. Und da sah ich den Mann mit den hellen Haaren."
„Wo war er?"
„Er bummelte einfach über den Platz. Ansprechen wollte ich ihn nicht, bevor ich mit dir geredet hatte."
„Ob er noch dort ist?"
„Ich fürchte, nein. Wir – die Kinder, Fräulein Busch und ich, sind auf dem Rückweg noch einmal an dem Zeltplatz vorbeigekommen. Da war nichts von ihm zu sehen. Aber ein rotes Auto fuhr in Richtung Berg, und am Steuer schien ein Mann mit hellem Haar zu sitzen."
„Der erste Hinweis also."
Gitta nickte. „Verstehst du nun, warum ich gerade jetzt nicht in Urlaub gehen möchte?"
„Ja, schon, aber wenn du nun weiter nichts findest?"
„Laß nur! Ich habe beim Kaufmann nachgefragt. Der entsinnt sich gut an die zwei jungen Männer. Sie kaufen öfter bei ihm ein. Und ziemliche Mengen, sagt die Kaufmannsfrau."
„Aber es müssen doch Sachen sein, die es jenseits der Grenze nicht so gut oder nicht so billig gibt. Weißt du eigentlich, was sie gekauft haben?"

„Das kriege ich schon noch heraus, laß mich nur machen!“ Na schön – dachte Irmela –, Gitta muß es ja wissen. Aber deshalb extra den ganzen Urlaub verschieben?

Hanni und Nanni hatten an diesem Nachmittag frei. Sie paßten auf, wann sich in Pitts Zimmer etwas rührte. Endlich!

Hanni öffnete leise die Tür. Pitt schlich die Treppe herunter, Senta hinterdrein. „Hallo, Pitt, komm her!“

„Ach, da seid ihr ja.“ Pitt seufzte erleichtert. „Oder soll ich Sie sagen?“

„Nein, nein, komm erst mal!“

Sie stellten ihm einen Teller mit Keksen hin. Der Junge teilte getreulich mit Senta: ein Keks für ihn selber, der nächste für den Hund.

„Weißt du, Pitt, dich wird gewiß die Polizei bald suchen, und Fräulein Wagner muß dich dann melden . . .“

„Aber . . .“

„Warte! Du wärest ja gar nicht ausgerückt, wenn du dich nicht um Senta gesorgt hättest. Stimmt's?“

„Stimmt.“

„Wenn wir nun Senta in Sicherheit bringen und uns auch um ihre Jungen kümmern, dann kannst du doch ruhig nach Hause fahren, nicht wahr?“

„Hm. Ja . . . kann ich.“

„Na also! Du mußt uns bloß vertrauen. Wir lassen Senta bestimmt nichts geschehen.“

„Aber wenn nun das Fräulein, dem das Ganze gehört, auch Senta zurückschicken will?“

„So weit darf es eben nicht kommen. Deshalb wollen wir heute abend noch einen Ausflug mit Senta machen, nur einen ganz kurzen. Magst du?“

„Ihr seid wirklich ganz groß in Ordnung. Schreibt ihr mir später auch, wie es Senta geht? Und wieviel Junge sie hat?“

„Das tun wir bestimmt. Du mußt uns nur deinen richtigen Namen sagen. Du heißt doch gar nicht Pitt, nicht wahr?“

„Nee, aber meinen richtigen Namen, den sage ich euch nicht.“

Hanni und Nanni sahen sich an. Der Junge war immer noch mißtrauisch. Wie konnten sie ihm nur klarmachen, daß sie tatsächlich auf seiner Seite standen? Nanni gab sich einen Ruck. „Schön, behalte das Geheimnis um deinen Namen. Über kurz oder lang erfahren wir ihn doch, und Fräulein Wagner auch. Jedenfalls helfen wir Senta. Hörst du: wir helfen *Senta*, nicht dir. So ein Dickkopf wie du braucht keine Hilfe."

Pitt sah sie von der Seite an. „Wie wollt ihr Senta helfen?"

„Wir haben mit Rosel gesprochen. Die gehört auch zum Heim, aber sie wohnt im Dorf."

„Noch 'n Mädchen", knurrte Pitt, bat aber sofort: „Nun sagt schon."

„Brauchst dich gar nicht so aufzuspielen, du Knirps." Nun wurde Hanni wütend. „Ohne die Mädchen landest du mitsamt Senta sehr schnell bei der Polizei."

Pitt stand auf und nahm den Hund am Halsband. „Komm, Senta, wir gehen."

Hanni und Nanni widersprachen nicht. Dadurch wurde der Junge stutzig. An der Tür machte er kehrt. „Nun redet schon. Ihr habt ja recht."

„Na also, und nun hör bitte endlich zu. Rosels Vater hat am Ende des Tales dort hinten einen Stall für seine Kühe. Aber nur für schlechtes Wetter. Jetzt steht der Stall leer. Dorthin bringen wir Senta. Da sucht sie keiner. Du kannst sagen, du hättest sie unterwegs verloren."

„Und wer sorgt für sie?"

„Na, wir! Hast du das immer noch nicht begriffen?"

„Aber wenn ihr jeden Tag in das Tal lauft, das fällt doch auf?"

„Junge, Junge, sei froh, daß Mädchen ein bißchen schlauer sind, als du denkst. Wir reiten natürlich. Das fällt überhaupt nicht auf, weil wir das ohnehin fast jeden Tag tun. Dann dauert so ein Ausflug auch gar nicht lange."

„Und Futter organisieren wir schon", sagte Nanni beruhigend zu ihm.

„Wißt ihr überhaupt, was so ein Hund braucht?"

„Pitt oder Max oder Kasper oder wie du sonst heißt, zeig dich nicht dümmer, als du bist. Ausgerechnet hier in einem Dorf werden die Leute wohl wissen, was ein Hund braucht."

„Aber wenn die Jungen da sind und bei ihr trinken, muß sie viel Wasser kriegen. Ich habe mich genau erkundigt."

Das war doch nun wieder richtig rührend von dem kleinen Burschen! dachten die Zwillinge.

Sie versprachen, Senta gut zu versorgen – und natürlich später auch die Jungen.

„Wir selber sind freilich bloß noch bis Ende September hier. Aber Rosel hat schon erzählt, daß ihr Vater seit langem einen Wachhund sucht. Wahrscheinlich behält er Senta."

„Und die Jungen?" rief Pitt.

„Zunächst behält er sie ganz bestimmt auch. Später werden brave Herrchen für sie gesucht."

„Hast du eigentlich eine Ahnung, wieviel Junge eine Hündin zur Welt bringt?" fragte Nanni.

„Bis zu acht", sagte Pitt. Doch als er die erschrockenen Gesichter der Mädchen sah, verbesserte er sich schnell: „Meist sind es zwei oder drei."

„Hoffentlich!" sagte Nanni. Acht – das wären wirklich zuviel! Wie sollten sie die satt kriegen?

„Die Jungen kommen wahrscheinlich schon nächste Woche", berichtete Pitt noch. „Ihr müßt Senta gut füttern. Und ihr viel Wasser geben. Das sagte ich schon."

„Pitt, am besten ist es, wenn du nicht mit zu dem Stall hinauskommst. Nimm lieber jetzt schon Abschied von Senta. Wir bringen sie heute abend hin."

Der Junge schluckte gewaltig. Doch er begriff, daß Hannis Rat vernünftig war. Je weniger sich an dem Ausflug beteiligten, desto leichter war er zu bewerkstelligen.

„Gehst mit den zwei Mädchen, hörst du, Senta? Sie helfen dir. Sollst doch deine Kinder behalten, meine Alte, nicht wahr?"

Er tätschelte ihr den Kopf, strich ihr übers Fell und warf schließlich beide Arme um das Tier. Dann rannte er hinaus. Senta blieb ruhig bei den Zwillingen.

Die Tür ging noch einmal auf. „Wenn ich morgen abend noch hier bin, kann ich Senta doch besuchen?“

„Klar!“

Da ging er beruhigt. Die Schwestern warteten nicht lange. Hanni nahm den Hund beim Halsband und zog – als Leinen-Ersatz – einen Gürtel durch. Dann schlich sie mit ihr hinaus. Nanni wanderte unterdessen durchs Haus. „Ich gehe mit Hanni ins Dorf“, verkündete sie. „Braucht ihr was?“

Ein sicherer Platz für Senta wird gesucht

„Nein, danke", antworteten Rosels Tante und Erika, die das Abendessen vorbereiteten. Sie bemerkten nicht, daß Nanni Rosel ein Zeichen gab und daß Rosel nickte. Es hatte also geklappt: Rosel hatte schon Futter für Senta bereitgestellt. Nanni fand es in einem Plastikeimer hinter dem Ponystall. Reis und sogar eine Menge Fleisch. Na, wenn *das* dem Hund nicht schmeckte! Am nächsten Tag mußten sie im Dorf ein paar Büchsen Hundefleisch kaufen.

Nanni sattelte das Pony, nahm den Eimer vor sich aufs Pferd und ritt in Richtung Gebirge, um die Schwester und den Hund einzuholen. Hanni und Senta waren schon weit gelaufen. Nanni sprang vom Pferd und ging mit den beiden zu Fuß weiter. In einer knappen halben Stunde waren sie am Ziel.

Ja, hier konnte Senta sich wohlfühlen! Der Stall war luftig und groß. Sie trugen Stroh in die Ecke neben einem großen Wassertrog. Den Futtereimer stellten sie dazu. „Sieh mal, die Schüssel hier ist besser", sagte Hanni und brachte einen großen Napf. „Daraus kann Senta leichter fressen."

Es war reichlich Futter bis zum nächsten Abend. „Mußt es dir gut einteilen", redete Nanni dem Hund zu. Vielleicht begriff er es.

„Senta sieht ausgesprochen intelligent aus, findest du nicht?" fragte Nanni und streichelte Sentas schönes helles Fell.

„Hoffentlich bleibt sie gutwillig hier", sagte Hanni mit einem Mal. „Stell dir vor, wenn sie Pitt sucht und morgen früh vor unserer Tür steht!"

Hm – das war gut möglich.

„Wir müssen sie also anbinden."

„Ja, aber die Leine muß länger sein als der Gürtel. Komm, wir suchen, ob wir etwas Passendes finden."

„Hier", rief Nanni nach einer Weile. „Dieses Seil ist mindestens sechs Meter lang."

Sie banden den Hund daran fest, verknoteten das Seil oben an einem Pfosten, wo Senta bestimmt nicht hinreichte. „Morgen gegen Abend kommen wir wieder, Senta", versprachen sie dem Tier, das ihnen ruhig nachschaute. Es hatte gewiß begriffen, daß sie seine Freunde waren. Dann liefen sie neben ihrem Pferd her schnell ins Heim zurück.

„Wo habt ihr bloß gesteckt?" fragte Doris, als sie in das gemeinsame Zimmer traten. „Wir wollen doch heute abend wegen des Herbstfestes beraten und haben euch schon gesucht."

„Wann treffen wir uns?"

„Wie immer nach dem Abendessen, wenn die Kinder im Bett sind. Dann haben wir ja alle frei."

„Bis dahin ist noch viel Zeit", meinte Hanni, aber Doris widersprach: „Ihr sollt mir raten, ob wir vielleicht einen Einakter aufführen sollen und welche Kinder sich dafür eignen."

„Ach, Doris, ist es nicht viel besser, wenn du allein etwas aufführst? Du kannst doch als bockiges Kind auftreten, als eines, das nicht essen will, als ein neugieriges und als eins, das ständig heult. Es können ja ruhig noch ein paar Kinder dazu auf die Bühne kommen. Die müssen dann aber nur so eine Art Staffage sein, nicht selber auftreten. Ich glaube, das kann recht lustig werden."

Doris versprach, es sich durch den Kopf gehen zu lassen.

„Was ziehe ich dann aber an?"

„Für jede Art Kind ein anderes Kleid. Und jedenfalls Kinderkleider. Du bist ja nicht groß. Da finden wir schon etwas."

Pitt lauerte beim Abendessen auf einen Blick der Zwillinge. Als sie ihn endlich zwischen den anderen Jungen am Tisch entdeckten und ihm beruhigend zunickten, war er befriedigt. Nun konnte er in Ruhe essen. Er tat es ausgiebig.

Fräulein Wagner hatte dafür gesorgt, daß der Rundfunkapparat den ganzen Tag über angeschaltet blieb und immer jemand darauf achtete. Sie wartete auf die Meldung über einen vermißten Jungen. Nichts kam, und auch das Fernsehen brachte nichts. Sie hatte noch einmal versucht, Pitt auszufragen, aber umsonst. Am anderen Mittag wollte sie auf alle Fälle zur Polizei gehen. Da kam in den Frühnachrichten eine Meldung:

„Vermißt werden der neunjährige Jürgen Fleming aus Berlin und die Schäferhündin Senta. Beide sind aus einem Alpen-Expreß verschwunden. Wahrscheinlich haben sie den Zug bereits in Bayern verlassen. Sachdienliche Mitteilungen ..."

Karolin hörte die Meldung. Sie hatte schon den Stift in der Hand und stenografierte mit. Dann verständigte sie Fräulein Wagner.

„Willst du gleich die Nummer in Hannover anrufen oder erst mit Pitt – das heißt: mit Jürgen sprechen?" fragte sie.

„Hole bitte den Burschen herein."

Karolin ging vors Haus, wo ein paar Jungen gerade mit Fräulein Busch und Fräulein Seifert über das nächste Spiel berieten. Aha, dort stand Jürgen zwischen den anderen!

„Jürgen Fleming, komm mal her!" rief Karolin laut und beobachtete vergnügt, wie dessen Kopf herumflog. Die anderen sahen erstaunt, wie der Neue, der angeblich Pitt hieß, lostrabte ...

„Na, nun haben Sie es ja herausgebracht", sagte der Junge lachend zu Karolin, „und nun wollen Sie mich wieder abliefern. Können Sie ruhig tun, obwohl es mir hier besser gefällt als bei dem Kusinen-Klub. Aber sagen Sie man gleich Bescheid: Senta ist nicht mehr bei mir."

„So?"

„Ich hab sie verloren, sie ist abgehauen", erzählte der Junge. „Nun wird sie ihre Jungen wohl verstecken, und keiner kann sie ihr mehr wegholen."

„Aha!" Karolin überlegte im stillen, wer dem Jungen wohl geholfen hatte. Denn allein hatte er das nicht geschafft.

Fräulein Wagner nahm die Mitteilung über Sentas Verschwinden noch gelassener zur Kenntnis und sagte gar nichts. Sie verstand aber jetzt, weshalb die Zwillinge am letzten Abend so lange ausgeblieben waren. Den beiden sah es ähnlich. Diese Racker!

Ich hätte genauso gehandelt wie Hanni und Nanni – überlegte die Heimleiterin, wahrscheinlich auch genauso wie der Junge.

Laut sagte sie: „Na, dann werde ich deinen Onkel einmal anrufen."

„Ja, und er soll nicht zu böse sein", bat der Junge.

Die Heimleiterin wählte die Nummer, die Karolin ihr aufgeschrieben hatte, und sprach mit einem anscheinend sehr aufgeregten Herrn. Der arme Jürgen hockte auf seinem Stuhl und versuchte vergeblich, aus Fräulein Wagners kurzen Antworten schlau zu werden. Endlich legte sie den Hörer auf und lächelte den Jungen an: „Also, Jürgen, ich habe für dich zugesagt."

„Zugesagt, was?"

„Paß auf, deine Verwandten haben natürlich große Angst ausgestanden, als sie dich nirgends entdeckten. Du hast dich wohl ein paar Mal mit den Mädchen in die Haare gekriegt, stimmt's?"

Jürgen nickte.

„Dachte ich mir. Um den Hund geht es deinem Onkel gar nicht. Er wollte ihn sowieso weggeben, sagte er. Aber er fürchtet, du wirst dich nicht sonderlich wohlfühlen, wenn du noch zehn Tage bei ihnen in Hannover bleiben sollst. Deshalb schlug er vor, daß wir dich hierbehalten. Das Geld, das dein Vater ihm für dich gegeben hat, schickt er. Deinen Eltern schreibt er, daß sie dich auf der Heimreise abholen. Ist es dir recht so?"

Der Junge hatte mit offenem Munde zugehört. Nun sprang er auf und rief: „Ha'ck's nicht jesacht, Frollein Wagner, Sie sind'n Engel! Junge, Junge, det is det reinste Wunder!"

„So, damit ist alles in bester Ordnung! Doch nun erzähle mal, woher du so großartig berlinern kannst."

„Ick bin doch een Berliner, aber ich muß hochdeutsch reden. Bloß manchmal vergesse ich's."

Die Zwillinge Hanni und Nanni waren eine gewaltige Sorge los: Nun sorgte Jürgen – den übrigens alle auch weiterhin Pitt nannten – für die Hündin. Rosel sparte immer reichlich Essensabfälle auf, die Zwillinge stifteten jeden zweiten Tag eine Dose Hundefutter.

So ging es Senta gut.

Bei der Besprechung für das Herbstfest wurden Carlottas Reiterkünste eingeplant, dazu Doris' Auftreten, ein Kasperlstück, das Fräulein Busch mit den größeren Kindern aufführen wollte. Vor allem sollte es Spiele für alle Kinder geben, die zum Herbstfest kamen. Die Dorfbewohner rechneten bestimmt damit, daß diese Spiele von den Kindergärtnerinnen geleitet wurden.

„Und dann der Fackelzug zum Abschluß am Montagabend", sagte Karolin. „Das ist für die Kinder doch jedesmal die Hauptsache!"

Berti

Die Lindenhof-Mädchen waren auf Berti gespannt. Es hieß: Sie ist der reinste Wirbelwind, sie bringt Leben mit. In der Pferdeburg war es freilich niemals besonders still. Wenn Berti auffiel, mußte sie schon sehr lebhaft sein!

Eines Tages war es soweit. Hanni und Nanni erlebten es gerade mit, wie der Kleinbus vor dem Haus hielt, wie ein quirliges Etwas herausstürzte und Fräulein Wagner mir nichts, dir nichts ein paarmal im Kreis herumwirbelte.

Das also war Berti! Ein schlankes, dunkelhaariges Mädchen, braungebrannt, lustig und lebhaft. Sie erzählte gleich ein paar drollige Geschichten, die sie unterwegs im Urlaub erlebt haben wollte. Manches klang ja recht wenig glaubhaft, aber ein bißchen Aufschneiderei schien ihr niemand übel zu nehmen.

Die Kinder hingen bald wie die Kletten an ihr. Sie sang mit ihnen lauter närrische Lieder wie das von den

Kinderlein, den kli-kla-kleinen,
die können nichts als wi-wa-
wonnevoll und ohne Leid
sich hervortun jederzeit

und dichtete viele Strophen dazu, bis der alte Abschluß kam und jedesmal neu bejubelt wurde:

Nun seid mir nur nicht bi-ba-bange,
dies Lied das währt noch li-la-
lügen will ich nicht zuletzt,
denn es ist zu Ende jetzt.

Die verrücktesten Verse brachte sie ihnen bei, die sie noch aus ihren eigenen Bilderbüchern kannte:

Ihr Diener, meine Herrn,
Äpfel sind keine Bern,
Birn sind keine Äpfel,
die Wurst hat zwei Zepfel ...

Eines Tages hinkten die Kinder plötzlich. Am Nachmittag ging es an: hinkepott, hinkepott ... Was war das für ein Unfug? Die älteren grinsten, doch die kleinsten humpelten unbeirrt weiter.

„Nun hört aber auf", rief Fräulein Busch. „Jetzt reicht es."

Die Lindenhof-Mädchen staunten, Karolin schmunzelte, und Erika verriet schließlich: „Bestimmt steckt Berti dahinter."

Natürlich! Sie hatte den Kindern gesagt: „Ich will euch etwas verraten: „Wenn ich mal ein Heinzelmännchen sehen will, humpele ich einen ganzen Nachmittag. Dann erscheint mir eines etwa eine Stunde nach dem Schlafengehen."

Ausprobieren konnten die Kinder es nicht: Eine Stunde nach dem Schlafengehen schliefen sie längst. Einem Heinzelmännchen oder anderen Geistern konnten sie höchstens im Traum begegnen.

Berti behauptete auch, man könne nachts mit dem Mond sprechen, wenn man am Nachmittag fünfmal im Nachthemd schweigend durch den Flur wanderte und niemandem begegnete. Keinem glückte das. Sie wurden alle bei ihren Spaziergängen erwischt, und sie wußten nicht recht: Stimmte es, was Berti erzählt hatte, oder nicht?

Einmal fing Berti es ganz schlau an, und alle Großen – von Fräulein Wagner bis zu Rosel – waren ihr herzlich dankbar. Das war drei Tage, bevor die Hausmutter im Heim zurückerwartet wurde. Sie hatten Hilfe in der Küche, wenn auch

Rosels Tante nur zwei Tage geblieben war. Aber es klappte natürlich längst nicht so tadellos wie bei der Hausmutter, und sie freuten sich alle auf ihre Rückkehr.

„Wenn sie kommt, muß alles blitzen", sagte Karolin morgens beim Frühstück. „Sie darf kein Stäubchen entdecken. Und wir werden ihr eine Girlande über die Tür hängen. Alle müssen helfen!"

Da war es auffällig, wie die Kleinen halfen! Sie schleppten Tannengrün für die Girlande herbei, sie brachten ihre Schuhe auf Hochglanz und gleich noch einige Paar von den Großen mit. Sie versprachen, die Bestecke zu polieren, und erfanden hundert Möglichkeiten zu helfen. Und wie brav sie waren! Es war nicht zu fassen!

Die jungen Mädchen sprachen abends noch darüber, als sie wie gewöhnlich zusammensaßen.

„Manchmal war es ja komisch", erzählte Jutta. „Da kam Rosel mit einem Eimer voll Kartoffeln über den Flur. Thomas, Fred und Usch wollten helfen und schlugen sich beinahe vor lauter Eifer. Ergebnis: die Kartoffeln kullerten die Hintertreppe hinunter. Die drei purzelten förmlich hinterdrein. Ich möchte nur wissen, woher diese Arbeitswut in die Kinder gefahren ist!"

„Kunststück!" sagte Berti lachend. „Wißt ihr, warum sie das getan haben?"

„Nun, was hast du da wieder ausgeheckt?"

„Ganz einfach! Ich habe ihnen erzählt, wie sonderbar es mir als Kind gegangen ist. Da habe ich nach Tagen, an denen ich irgend etwas Nettes getan hatte, das auf einen Zettel geschrieben und den Zettel in den linken Schuh gesteckt. Dann fand ich am Morgen im rechten Schuh eine Belohnung. Ihr braucht bloß nachzusehen, ob in den linken Schuhen Zettel stecken!"

Tatsächlich, Berti hatte recht!

„Aber dann müssen wir auch für die Belohnung sorgen", meinte Erika, und die andern stimmten ihr zu. Sie suchten Süßigkeiten zusammen, die sie in ihren Schränken hatten, und versteckten sie in den Schuhen. Berti stand schmunzelnd dabei und sagte lachend: „Nun brauche ich wenigstens nicht meine ganzen Vorräte zu opfern. Das hätte ich sonst nämlich getan!"

Die Kinder freuten sich am Morgen und riefen Berti: „Guck, Tante Berti, wir haben wirklich etwas gefunden!"

„Na fein", antwortete sie. „Ich habe es ja gleich gewußt. Aber ihr dürft nicht denken, daß es nun immer so weitergeht", setzte sie vorsorglich hinzu. „Gute Taten sollen zur Gewohnheit werden, ohne daß man immer eine Belohnung dafür erwartet."

Das klang betrüblich. Der Eifer der Kinder ließ merklich nach.

Die Hausmutter war über den festlichen Empfang ganz gerührt. Arbeiten konnte sie freilich noch kaum, denn sie saß mit ihrem Gipsbein fest. Doch daß sie „regierte", Anweisungen für den Speisezettel gab und Ratschläge erteilte, das allein war für Fräulein Wagner eine große Beruhigung.

Berti freundete sich schnell mit den Zwillingen an. Als sie erfuhr, daß die Schwestern nur ein einziges Mal auf einem Gipfel gewesen waren, drängte sie, daß sie noch einmal in die Berge stiegen. Fräulein Wagner hatte nichts dagegen. „Aber in guter Ausrüstung!" forderte sie.

Hanni und Nanni erröteten. So wußte die Heimleiterin augenscheinlich, wie es damals gewesen war! Ja, sie machten jene Dummheit bestimmt kein zweites Mal! Mit Jutta und Karin waren sie seit damals auch immer gut ausgekommen.

Berti versprach den Kindern, daß sie nach Gemseneiern Ausschau halten wollte. „Gemseneier?" Nanni glaubte, sie hätte nicht recht gehört.

„Freilich!" Berti trat ihr kräftig auf den Fuß. „Weißt du nicht, daß die Gemsen ihre Jungen ausbrüten? Es ist jetzt nicht die rechte Zeit, aber vielleicht finden wir doch noch ein Ei!"

„Stimmt gar nicht!" widersprach Pitt, der gerade in der Nähe war. „Gemsen bekommen genauso lebendige Junge wie Hunde. Gemseneier! Wer hat je so etwas gehört!"

„Wir werden ja sehen!" meinte Berti.

Sie brachen an einem Dienstagnachmittag auf. Durch Tauschen hatten sie erreicht, daß sie alle drei diesen Nachmittag und den ganzen Mittwoch frei hatten. Eine Strecke fuhren sie mit dem Bus, dann stiegen sie hinauf zu einer Hütte, für die Berti den Schlüssel besaß. Dort oben wollten sie übernachten.

Die Zwillinge schleppten diesmal schwer an ihren Rucksäcken. Sie hatten sich für Regen und für Kälte eingerichtet. Es war tatsächlich empfindlich kühl, als sie gegen fünf Uhr vor der Hütte standen, die einer großen Felswand gegenüber errichtet war.

Berti schloß auf und öffnete die Fensterläden, damit das schon dämmerige Licht noch hereindrang. Dann schürte sie ein Feuer.

Die Schwestern wanderten inzwischen um die Hütte herum und genossen den Ausblick nach den freien Seiten.

„Dort ist das Tal, von dem aus wir losgewandert sind", rief Nanni plötzlich.

„Erkennst du es? Da standen doch die drei großen Ahornbäume neben dem Wirtshaus."

„Ob Berti die Namen der Berge kennt? Wo ist sie denn eigentlich?"

Sie gingen zur Hütte und entdeckten beschämt, was ihre Freundin inzwischen alles getan hatte. Ein Topf voll Wasser brodelte auf dem Herd, in dem das Feuer kräftig brannte. Nudeln und Fleischwürfel lagen bereit. Berti hatte Teller und Löffel aus dem Schrank geholt und war gerade dabei, einige Scheiben Brot abzuschneiden.

„Redet kein Blech", wehrte sie die Entschuldigungen der Zwillinge ab. „Wenn ihr zum ersten Mal hier oben seid, müßt ihr euch umschauen. Das ist doch klar. Und hier drin kenn ich mich ohnedies besser aus als ihr. Holz ist genug da. Wir brauchen also nicht zu frieren."

Sie stieß eine Falltür in die Höhe. Oben waren Strohlager, auf die sie nun ihre Decken breiteten. Berti holte noch ein paar Decken aus einer Truhe.

„So, werft schnell noch einen Blick hinaus", sagte sie dann. „Die Sonne ist zwar schon hinter der Wand verschwunden. Doch ein bißchen könnt ihr sicher noch erkennen. In einer Viertelstunde essen wir. Wer hat die Büchse mit den Würstchen? Rückt sie mal raus!"

Ein eigenartiges Gefühl ist es – dachten die Schwestern –, so weit abseits von der Welt hier oben zu stehen. Nur wir drei sind hier, seltsam!

Doch da schrie eine Dohle, irgendwo raschelte es in den Büschen. Es gab also außer ihnen noch andere Lebewesen hier oben!

Das Essen schmeckte, und das Ausruhen gefiel ihnen auch. Sie waren ja drei Stunden lang ohne Pause gestiegen – langsam und bedächtig wie bergerfahrene Leute, nicht zuerst im halben Galopp vorwärts gestürmt und am Schluß geschlichen. Nach dem Essen, als sie abgewaschen und alles fürs Frühstück bereitgestellt hatten, fing Berti an, in einem Schrank zu kramen.

„Hier *müssen* doch noch welche sein!" brummte sie, wenn sie wieder einen Karton durchwühlt hatte und ihn enttäuscht zur Seite stellte.

„Was suchst du eigentlich?" fragte Hanni. „Können wir dir helfen?"

„Ach, da waren immer noch ein paar Karten irgendwo ... Da sind sie auch nicht ... ja, wo sind die bloß hingeraten?" Nun war sie schon beim letzten Karton. „Na endlich!" rief sie. „Ich wußte es doch!"

Die Schwestern sahen neugierig auf das Foto, das Berti ihnen entgegenhielt: eine Gemsenfamilie ... und der Bock beugte sich zu dem Jüngsten herunter, das gerade ... aus dem Ei schlüpfen wollte. Zwei leere Eier lagen daneben.

„So, die schicken wir ins Heim, mal sehen, was Pitt dazu bemerkt!" Sie lachte die Zwillinge an. „Die Geschichte von den Gemseneiern ist ein alter Spaß, und es fallen immer wieder Kinder darauf rein. So hat man schließlich diese Karten gedruckt. Achtet mal drauf, die gibt es in den meisten Kiosken zu kaufen."

Alle drei schrieben Grüße an die Kinder im Heim. Die Karte wollten sie am andern Tag in den ersten Briefkasten stecken, auf den sie trafen.

Ein Weilchen erzählten sie noch, dann fingen sie an zu gähnen und gingen schlafen.

Morgens war es sehr kühl. Sie hatten gar kein Verlangen, sich noch einmal behaglich zu strecken, wie sie es in ihrem Bett sonst gern taten. Draußen vor der Hütte lief ständig frisches Wasser in den Trog ... eiskaltes Wasser zum Waschen, brrr!

Aber Berti hatte schon wieder ein Feuer im Herd angefacht. Das Feuer, die warmen Sachen, der heiße Tee ... die Kälte war schnell vergessen. Vorsichtig löschten sie das Feuer, räumten das Geschirr sauber weg und packten. Dann schulterten sie die Rucksäcke und zogen, wohl geborgen in Anorak, Fäustlingen und Wollmütze, weiter den Berg hinauf.

Noch war es dämmerig, aber der Himmel glühte schon. Berti hatte die Zeit gut berechnet: Als sie zur nächsten Wegkehre kamen und der Blick nach Osten frei war, ging die Sonne auf. Es war kurz vor sechs.

„Und da liegt man sonst im Bett und möchte weiterschlafen!" sagte Hanni, nachdem sie ein paar Minuten schweigend zugesehen hatten, wie sich der Sonnenball langsam höher schob.

„Das erzähle dir von nun an immer selber, wenn dir das Aufstehen schwerfällt", neckte Berti.

Sie stiegen diesmal nicht auf einen Gipfel, sondern wanderten einen Grat entlang, der die Sicht nach Osten und Norden freigab.

Als die Sonne schon wärmte, waren sie dicht vor einem Paß, der in das nächste Tal hinunterführte.

„Hier müßt ihr einmal im Frühling wandern", sagte Berti. „Da gibt es solche Mengen der allerschönsten Bergblumen, daß ihr staunen werdet."

Sie fanden ein paar verspätete Astern, sonst sahen sie nur die Latschenkiefern und streckenweise rötlich gefärbtes Kraut von Heidelbeeren. Gegen Mittag suchten sie sich einen geschützten Winkel mit viel Sonne, aßen, tranken und hielten einen ausgiebigen Mittagsschlaf. Danach ging es flott bergab, bis sie wieder im Tal standen. Es war ein weites Tal mit großen Wiesen, auf denen Kühe umherwanderten.

„In einer Stunde geht der Bus, den wir erreichen müssen", sagte Berti.

„Und wie lange haben wir noch zur Haltestelle zu gehen?"

„Eine gute halbe Stunde."

Das klang tröstlich, und es stimmte auch. Punkt vier waren sie am Ziel. Der Bus stand schon da. Sie warfen schnell ihre Postkarte in den Briefkasten vorn beim Fahrer und sanken auf ihre Plätze.

Lange blieb es eine Sonderfahrt für die drei. Erst in einem größeren Dorf stiegen ein paar andere Fahrgäste zu. Dann mußten sie umsteigen und waren schließlich gegen halb sechs in Hasenwinkel. Die letzte kurze Strecke bis zur Pferdeburg fiel ihnen fast schwerer als der ganze Marsch.

„Wenn man mit dem Ausruhen anfängt, ist es nicht leicht, noch einmal zu gehen", stöhnte Hanni.

Im Heim wurden sie aber schnell wieder wach und fanden gar kein Ende mit Erzählen. „Es war einfach herrlich!"

Am übernächsten Tag brachte der Postbote die Karte. Die Kleinen, an die sie gerichtet war, bestaunten sie ehrfürchtig. Dann gingen sie zu Pitt.

„Da", sagte Karli, „nun siehst du, daß die Gemsen doch Eier legen!" und sie hielt ihm vorwurfsvoll die Karte hin.

Pitt verschlug es die Rede. Das konnte doch unmöglich wahr sein! Seine Stirn bekam tiefe Falten vom Nachdenken. Die Zwillinge fanden ihn im Aufenthaltsraum, wo er nach Tierbüchern suchte. In einem mußte doch etwas über Gemsen stehen!

Hanni sah ihm eine Weile zu, dann aber tippte sie sich vielsagend an die Stirn. „Hast wohl noch nichts von Fotomontagen gehört?" fragte sie.

Pitt sah sie verblüfft an. Dann lachte er. „Drum!" Seine Welt war wieder in Ordnung.

Senta und ihre Kinder

Am Dienstag der folgenden Woche stürzte Pitt abends ins Heim, als alle schon beim Essen saßen. „Senta hat vier Junge!" rief er.

„Vier!" Hanni und Nanni fuhren auf. „Geht es ihr gut?"

„Bestens!" berichtete Pitt über die Tische weg und wollte noch weiter erzählen. Doch Fräulein Wagner unterbrach ihn:

„Höre mal, mein lieber Jürgen Fleming, deine Senta war doch abgehauen, wie du mir versichert hast."

Pitts Kopf glühte wie eine reife Tomate. „Ich ... nein ... das war doch ..." Nach vielem Stottern sagte er entschlossen: „Damals habe ich geschwindelt, weil Senta ja ihre Jungen behalten sollte. Ich glaubte doch, ich müßte mit ihr zu meinen Verwandten nach Hannover zurück." Daß er seinen Schwindel vor allen Heimbewohnern zugeben mußte, fiel ihm gewiß recht schwer.

Aber er bekam noch mehr zu schlucken. Fräulein Wagner fragte: „Findest du es sehr lustig oder anständig, daß du deine Schwindelei aufrechterhalten hast, nachdem wir alle dir geholfen haben? Ich habe – offen gesagt – damit gerechnet, daß du die Wahrheit sagen und dich entschuldigen würdest. Was meinst du selbst dazu?"

Da stand Jürgen wie ein armer Sünder im Raum. Alle sahen zu ihm hin, und manche Gesichter waren vorwurfsvoll. Er schämte sich entsetzlich. Bei seinen Kameraden spielte er meist die Hauptrolle: *Er* gab an, was gespielt wurde ... *er* bestimmte, wer anfing ... die Kleineren behandelte er mit gutmütiger Herablassung. „Na, ihr Zwerge", redete er sie meistens an ... Auch den jungen Mädchen und den Kindergärtnerinnen gegenüber verließ ihn seine große Klappe nie.

Und nun wurde ihm von Fräulein Wagner, die er heimlich bewunderte, der Kopf so gründlich gewaschen! Er schluckte tapfer die Tränen hinunter, die er aufsteigen fühlte.

Mit einem Mal warf er den Kopf zurück und stieß hervor: „Sie haben recht, Frollein Wagner, schuftig war es von mir. Entschuldigen Sie bitte."

„Also o.k.", sagte Fräulein Wagner, „ich glaube dir sogar, daß du einfach nicht dran gedacht hast. Bist ja sonst ein ordentlicher Kerl, Jürgen. Komm, wir bleiben gute Freunde!"

Pitt-Jürgen stolperte zu ihr hin und schüttelte ihr begeistert kräftig die Hand. Sie war doch eine prima Frau! Und wenn das keine Ehrenerklärung für ihn war, daß sie ihn als guten Freund bezeichnete!

Nach dem Essen prasselten die Fragen über Senta und ihre Kinder auf Jürgen nieder. Karolin hatte das vorausgesehen. Deshalb rief sie laut: „Mal herhören! Ihr wißt also, daß Jürgens Hund Kinder hat. Aber ihr dürft Jürgen nun nicht quälen, daß er sie euch zeigen soll. Die Hundemutter braucht Ruhe. Es darf niemand zu ihr hin als Jürgen. Fragt ihn nicht, wo Senta steckt. Er soll es euch nicht verraten. Hörst du, Jürgen?"

„Aber Hanni und Nanni würde ich gern mitnehmen!"

Das gab ein Gelächter! „Na, ihr Zwillinge", sagte die Hausmutter, die schon wieder an den Mahlzeiten teilnahm, „da habt ihr bei Jürgen aber einen gewaltigen Stein im Brett. Wie kommt ihr zu der Ehre?"

„Das erzählen wir, wenn wir wieder hier sind", versprachen Hanni und Nanni. „Wir möchten gern gleich heute abend hin. Dürfen wir?"

Fräulein Wagner nickte lachend. „Reitet alle drei, dann seid ihr bald wieder da."

Eine Viertelstunde später hockten sie vor Senta, die zufrieden auf ihrem Strohlager ruhte. Ihre Kleinen wuselten um sie herum, purzelten durcheinander, versuchten bei der Mutter zu trinken und schliefen ein bißchen.

„Sie können noch nicht sehen", sagte Pitt. „Ihre Augen sind erst in ein paar Tagen offen."

Hanni und Nanni versuchten, die warmen, molligen Kleinen vorsichtig zu streicheln. Senta ließ es ruhig geschehen; die Mädchen waren ihr ja vertraut.

„Süß sind die Kleinen", sagten die Schwestern.

Pitt grinste. „Alle Mädchen reden so", meinte er. „Süß und niedlich und entzückend findet ihr alles."

Sie hatten für Senta eine Extraportion Fleisch mitgebracht. Rosel hatte sie ihnen heimlich gegeben. Dann stellten sie ihr einen großen Napf mit Wasser bereit. Pitt hatte den Napf schon vor Tagen gekauft und zu Senta hinausgebracht. Er sorgte rührend für das Tier.

Sie blieben nur kurze Zeit, weil Senta ja ihre Ruhe brauchte, und auch, weil sie vor Anbruch der Dunkelheit im Heim sein wollten.

Abends in ihrem Zimmer beschlossen die Zwillinge, heimlich recht viele Aufnahmen zu machen, die sie Pitt schenken wollten.

Der Junge wartete nun auf seine Eltern. Sie kamen zwei Tage später.

„Na, mein Sohn", sagte der Vater zur Begrüßung, „dir muß ich ja die Ohren ordentlich lang ziehen! Du hast erst Onkel und Tante in Sorge und dann uns in große Verlegenheit versetzt. So ein Bengel, rückt einfach aus!"

Pitt lachte. Anscheinend kannte er seinen Vater gut genug, um den gespielten Zorn nicht ernst zu nehmen.

Dann erzählte er ausführlich von seiner Flucht, von Senta und vor allem von den vier kleinen Hunden, die er sooft wie möglich besucht hatte.

Pitts Mutter war eine fröhliche Frau. Sie plauderte lange mit Fräulein Wagner und Karolin. Schließlich bat sie, mit ihrem Mann eine Nacht im Heim bleiben zu dürfen. Es wurde ein vergnügter Abend. Herr Fleming ließ sich nicht lumpen, er brachte ein paar Flaschen Wein zum Vorschein und lud „die ganze Besatzung", wie er sich ausdrückte, zum Umtrunk ein.

Pitt war entrüstet, daß er nicht mitfeiern durfte, sondern mit den anderen zu Bett geschickt wurde.

„Aber ich wünsche mir etwas", sagte er, „und diesen Wunsch müßt ihr mir erfüllen."

„Darüber sprechen wir morgen, mein Junge", antwortete sein Vater und fuhr fort, als Pitt ihn erstaunt ansah: „Deinen Wunsch kenne ich genau, darauf gehe ich jede Wette ein."

„Also wetten wir", rief Pitt sofort. „Um was?"

„Nun wenn ich es nicht erraten habe, dann kriegst du, was du willst."

„Und wenn du es errätst?"

„Dann habe ich bei meinem Herrn Sohn einen Wunsch frei."

„Das ist eine recht unsichere Sache", meinte Pitt frech. „Aber meinetwegen. Doch wer entscheidet?"

Sie beschlossen, daß der Vater aufschrieb, was seiner Meinung nach Jürgen-Pitts Wunsch war, und diesen Zettel vorzeigte, sobald der Junge seinen Wunsch ausgesprochen hatte.

„Aber erst morgen früh", unterbrach Frau Fleming das Hin und Her. „Unser Jürgen hat nämlich seine besondere Verzögerungs-Taktik, wenn er ins Bett gehen soll", sagte sie zu Fräulein Wagner. „Da redet er und streitet, bis eine halbe Stunde nach der anderen vergeht."

Unter fröhlichem Gelächter der Großen zog Pitt brummend ab. „Immer diese Gewalttätigkeiten", knurrte er.

Am Morgen stellte es sich heraus, daß der Vater die Wette gewonnen hatte. Auf seinem Zettel stand deutlich, was Jürgen eben laut sagte: „Ich möchte einen kleinen Hund von Senta behalten dürfen."

Seine Augen wurden groß, als er Vaters Zettel las. „Wie bist du bloß darauf gekommen?" fragte er fassungslos.

„So schwer war das nun wirklich nicht", meinte der Vater lachend. „Die Hundekinder sind ja dein Gesprächsthema Nummer eins."

„Und nun erlaubst du es nicht?"

„Ich denke, daß du in sieben bis acht Wochen einen bekommen kannst. Vorläufig müssen die Kleinen bei ihrer Mutter bleiben."

„Aber dann bin ich doch nicht mehr hier."

„Man kann einen kleinen Hund gut durch Luftpost schikken lassen."

„Acht Wochen – das ist viel zu lange. Geht es nicht eher, Vati?"

„Nein, und nun erinnere dich bitte, daß ich einen Wunsch bei dir frei habe, weil du unsere Wette verloren hast."

„Was wünschst du dir?"

„Nur eine Kleinigkeit: daß du nicht länger mit mir zu handeln versuchst und auch nicht maulst, sondern dich auf deinen kleinen Hund freust."

„Aber . . ."

„Kein Aber! Du hast die Wette verloren."

„Und, Jürgen, du mußt eines überlegen", mischte sich die Mutter ein: „Du bist ausgerissen, damit Senta ihre Kinder behalten konnte. Wir haben dir keinen Vorwurf gemacht, weil wir deine Tierliebe kennen. Aber nun denke bitte daran, wie schlimm es für Senta wäre, wenn ihr jetzt schon eins von ihren Kleinen weggenommen würde. Der junge Hund ginge außerdem wahrscheinlich zugrunde. In den ersten Wochen muß er bei der Mutter sein. Nach vier bis sechs Wochen lernt er selber fressen, dann darf er bald von ihr weg. Ja ja, mein lieber Jürgen, das weißt du ganz genau. Es paßt dir bloß nicht ganz in den Kram. Aber es geht darum, was für die jungen Hunde gut ist, auch wenn du im Augenblick verzichten mußt."

Jürgen sah es wohl ein, aber das Herz war ihm doch schwer, als er Senta und ihre Jungen Rosels Vater übergab. Der war extra mit seinem Anhänger gekommen, um die Tiere sicher auf seinen Hof zu holen.

Auch der Abschied vom Heim war nicht leicht. So gern hätte er das Herbstfest in der nächsten Woche mitgemacht!

In der Woche darauf aber hatte er eine Extrafreude: Da kam von Hanni und Nanni ein Päckchen, und darin lagen wunderschöne Fotos: Senta und Pitt, Senta und ihre Jungen im Stall, Rosel bei den Hunden, Pitt auf dem alten Peter, die Pferdeburg, Fräulein Wagner und schließlich auch Hanni und Nanni auf Rosels Hof, beide mit zwei kleinen Hunden im Arm und Senta vor ihnen sitzend.

„Das sind wirklich prima Mädchen", sagte Jürgen.

Gittas großer Fang

Gitta und Bobby wollten mit einer Kindergruppe auf einer abgemähten Wiese Treibball spielen. Da schoß Gitta aufgeregt auf Bobby zu: „Hast du ihn bemerkt?“

„Wen?“ fragte Bobby verblüfft.

„Den Hellblonden“, flüsterte Gitta. „Er kam aus der Richtung Pferdeburg. Was mag er da ausspioniert haben? Ob er sich für die Pferde interessiert – als Tragtiere?“

„Ach, Gitta“, sagte Bobby, die längst nicht mehr an irgendwelche Schmugglergeschichten glaubte, „wir haben damals bestimmt falsch getippt. Das sind wahrscheinlich ganz harmlose Burschen, die irgendwo in der Nähe Urlaub machen.“

„Aber diese Harmlos-Tuerei ist ja gerade das Verdächtige!“ Gitta ließ sich von ihrer Lieblingsidee nicht abbringen. „Ihr habt alle keinen Riecher für solche Sachen. Ihr werdet schon sehen!“

Enttäuscht ging Gitta davon. Irmela war in Urlaub, Bobby glaubte ihr nicht, und als sie ihr Glück bei Marianne versuchte, wurde sie glatt ausgelacht!

Gitta war unruhig. Nun waren die zwei Wochen fast verstrichen, die sie wegen der Schmugglergeschichte noch im Heim geblieben war. Dennoch war sie in ihren Nachforschungen nicht weitergekommen. Beim Briefträger hatte sie gehorcht, sogar mit dem Polizisten hatte sie über Schmuggler in diesem Gebiet gesprochen.

„Schmuggler? Bei uns?“ hatte der gemütliche Wachtmeister lächelnd zurückgefragt. „Hier gibt es nichts zu schmuggeln und deshalb auch keine Schmuggler.“

Wenn die Polizei schon so nachlässig urteilte, dann konnten die Verbrecher natürlich frei herumlaufen! Lohnte es sich wirklich, den Urlaub noch einmal zu verschieben? Dieses Mal konnte sie es bestimmt nicht tun, ohne einen glaubwürdigen Grund anzugeben.

In jeder freien Minute streifte Gitta durchs Gelände in der Hoffnung, doch noch ein deutliches Zeichen, einen Beweis für die Schmuggelei der beiden Burschen zu finden. War sie mit den Kindern unterwegs, gingen ihre Augen durchs ganze Gelände.

Nichts! Wie weggepustet waren die beiden Verdächtigen!

Und dann sah sie alle zwei! Sie standen an einem Mast der elektrischen Leitung, die zu den letzten Gebäuden in den Tälern führte. Der eine war auf die Steine gestiegen, die um den Mast aufgeschüttet waren, und gab Winksignale. Waren es Morsezeichen? Gitta konnte es nicht erkennen, obwohl sie das Morse-Alphabet fast auswendig wußte. Eins war ihr klar: Sie verständigten sich mit einem Komplizen. Wahrscheinlich sollte er ihnen folgen, wenn die Luft rein war. Die jungen Leute hatten wenig Gepäck bei sich. Vermutlich befand sich die Schmugglerware längst oben am Surlinsee oder noch höher in den Bergen.

Es half nichts – wenn sie Beweise haben wollte, mußte sie ihnen folgen! Jetzt war es halb zehn – ihr Dienst begann in drei Stunden. Ob sie bis dahin zurück sein konnte? Ach was – dies war ein Dienst an der Allgemeinheit, der ging vor! Als die jungen Männer ihren Platz neben dem Lichtmast aufgaben, folgte Gitta ihnen.

Sie schlugen den Weg zum Surlinsee ein. Was sie sprachen, war nicht zu verstehen. Einmal lachten sie hellauf, meist schienen sie aber zu schweigen. Sie stiegen schnell. Gitta hatte ihre liebe Not, ihnen zu folgen. Dann waren sie plötzlich hinter einer Felsgruppe verschwunden. Was nun?

Gitta zögerte ein wenig. Da erschienen sie wieder, und nun – trug jeder einen vollbeladenen Rucksack. Aha! Hier hatten sie also ihre Ware versteckt, während sie noch im Dorf oder irgendwo in der Umgebung etwas erledigten. Vermutlich lag noch mehr im Versteck.

Gitta überlegte nicht lange, sondern stieg an der Stelle herum, wo die beiden vorher verschwunden waren. Sie konnte nirgends etwas entdecken und beeilte sich, zum Weg zurückzugelangen.

Da passierte es: Sie rutschte an einem glatten Felsstück ab, geriet mit dem linken Fuß in eine Spalte und schlug obendrein mit dem Kopf so unglücklich gegen einen vorstehenden Stein, daß sie heftiges Nasenbluten bekam. Es tat sehr weh. Und das Nasenbluten hörte auch nicht auf. Was sollte sie tun? Zum Glück hatte sie ihre Trillerpfeife bei sich. Sie setzte sie an den Mund und gab Alarm. Wie war das Bergnotzeichen? Sechs Töne in einer Minute ... Sie trillerte sechsmal, dann rief sie – auch sechsmal ...

Endlich hörte sie eine Antwort: „Hallo? Wer ist dort?"

„Hallo!" rief sie zurück, so laut sie konnte, und setzte wieder die Pfeife an den Mund.

Die Rufe klangen näher ... jetzt schon sehr nahe.

„Hier bin ich! Hinter dem großen Felsstück!" rief Gitta und versuchte, sich das Blut von der Nase zu wischen. Du liebe Zeit, sie sah gewiß fürchterlich aus!

„So, da sind wir – und wen haben wir da?"

Vor ihr standen die beiden Schmuggler! Sie hätte es sich ja denken können! Sonst ging um diese Zeit kaum jemand auf diesem Weg. Hoffentlich ahnten die beiden nicht, daß sie ihnen auf die Schliche gekommen war! In aller Eile gingen Gitta schreckliche Geschichten durch den Kopf – wie Schmuggler sich an ihren Verfolgern gerächt und sie unschädlich gemacht hatten. Also ruhig Blut behalten!

„Nun, kleines Fräulein, wie kommen Sie denn hierher?" fragte der Hellblonde, während er seinen Rucksack heruntertat. Er sah sie forschend an.

„Ach, ich wollte nur ein Stück den Berg hinaufgehen."

„Ja, aber hier ist doch kein Weg?"

„Nun ja, ich glaubte, da blühte noch etwas."

„Und dabei haben Sie sich den Fuß ganz schön eingeklemmt. – Hans, faß mal an. Vorsichtig!" sagte er zu seinem Kumpan, der inzwischen ebenfalls seine Last abgelegt hatte und sich nun zu Gittas Fuß hinunterbeugte. Er drehte ein paar Mal leicht am Fuß ... wenn er in den Spalt hineingerutscht war, mußte er ja auch wieder herauszubringen sein!

Gitta biß die Zähne zusammen. Es tat verflixt weh! Aber mit einem Mal war der Fuß frei.

„Danke!" stieß Gitta hervor, gleich drauf aber: „Au!" Da mußte etwas verknackst sein oder gezerrt. Sie konnte kaum auftreten.

Die jungen Männer suchten in den Außentaschen ihrer Rucksäcke nach Verbandszeug. Dann turnte der eine um den Stein herum.

Aha, der Fuß ist eingeklemmt!

„Hier gab es doch eine Quelle“, sagte er. Und da war sie auch tatsächlich. Geschickt legte er ein feuchtes Tuch um Gittas Gelenk und wickelte die Binde fest darüber. Dann ging er noch einmal zur Quelle und brachte ein nasses Papiertaschentuch mit.

„Hier, wischen Sie sich mal das Gesicht ab. Sie sehen ja aus, als wären Sie unter die Räuber gefallen!“ sagte er mit gutmütigem Lachen.

Das bin ich ja so halb und halb wirklich! dachte Gitta. Aber sie wischte sich gehorsam das Gesicht sauber. „Geht's so?“ fragte sie und sah die hilfreichen Schmuggler an.

„So einigermaßen“, meinte der Blonde. „Erlauben Sie.“ Damit nahm er ihr das feuchte Tuch aus der Hand und wischte vorsichtig ein paar Flecken weg.

„Woher kommen Sie?“ fragte der andere, den sie bei sich den „Schlenkerhans“ nannte.

„Von der Pferdeburg. Kennen Sie die?“

„Und ob!“ antworteten beide lachend. „Da werden wir Sie also hinbringen.“

Gitta triumphierte im stillen. Jetzt bringe ich die Burschen doch zur Strecke! dachte sie. Sie laufen geradewegs in ihr Verderben. – Andererseits bedrückte sie der Gedanke, daß sie ihnen die Hilfe so schlecht belohnte. Es waren doch ihre Retter, die sie der Polizei ausliefern wollte. War sie nicht undankbar und gemein? Die beiden ahnten gewiß nichts von Gittas Gedanken. Sie verstauten ihre Rucksäcke in einer Felsspalte, die Gitta jetzt erst bemerkte.

„Ein ideales Nest, wenn man ein Versteck für geheime Dinge sucht“, meinte der Blonde lachend zu Gitta. „Sie werden uns ja nicht verraten!“

„Das ist noch gar nicht raus“, entfuhr es dem Mädchen. Aber sie lachte dazu, als hätte sie bloß einen Spaß gemacht.

Dann nahm der größere, der „Schlenkerhans“, Gitta kurz entschlossen auf den Arm und trug sie zum Weg. Dort verschränkten sie die Hände. Gitta mußte sich darauf setzen und beiden einen Arm um den Hals legen. So gingen sie los.

„Bin ich auch nicht zu schwer?“ fragte Gitta.

„Überhaupt nicht. Wir haben in der letzten Zeit schlimmere Lasten geschleppt", sagte der Schlenkerhans. „Und immer bergauf."

Ach ja – das wußte Gitta nur zu gut.

„Blutet das Näschen wieder?" erkundigte sich der Hellblonde, weil Gitta mit der Hand über das Gesicht wischte.

Näschen – das ist glatt eine Frechheit, dachte sie entrüstet, – bei meiner Riesennase. Und sie antwortete nicht. Aber der andere sagte: „Augenblick, ich hole Watte aus der Tasche" Vorsichtig machte er seine Hand frei und brachte wirklich ein Wattepäckchen zum Vorschein. „Hier, holen Sie sich selber ein bißchen heraus und stecken Sie es in die Nase." Dann gingen sie weiter.

Dicht vor der Pferdeburg sahen sie Fräulein Wagner, die von einem Ausritt zurückkam.

„Hallo, Annedore", rief der Schlenkerhans und pfiff zweimal laut.

Sofort wandte Fräulein Wagner den Kopf. Als sie das sonderbare Kleeblatt erkannte, ritt sie ihm entgegen.

„Ich denke, ihr seid längst am See oben", rief sie. „Als ihr mir zuwinktet, wart ihr doch schon nahe am Berg. Und wo habt ihr Gitta aufgelesen?"

„Ja, die junge Dame ist uns nachgestiegen – sozusagen", sagte der Hellblonde lachend, denn Gitta hatte es die Sprache verschlagen. Wer waren denn diese jungen Männer? Ganz gewiß keine Schmuggler, das begriff sie. Und nachgestiegen war sie ihnen tatsächlich!

„Ja, Gitta", wandte die Heimleiterin sich an das Mädchen, „da hast du meinen Bruder und meinen Verlobten noch mal hergebracht . . ."

„Das heißt: *wir* haben *sie* hergebracht."

Der Hellblonde war der Bruder, wie sich herausstellte, von Beruf Meteorologe oder, wie er selber sagte, „Wetterfrosch", und hatte in den Bergen oben seine Station. Dort wollten seine Schwester, Karolin und Fräulein Wagners Verlobter ihre Ferien verbringen. Und Gitta rechnete sich nun – richtiger als vorher – aus, daß die jungen Männer allerlei Vorräte,

Decken und was sonst zu einem behaglichen Ferienleben gehört, hinaufgeschafft hatten.

Das war eine schöne Blamage! Ein Glück, daß weder Fräulein Wagner noch ihre Retter etwas von ihren schwarzen Gedanken ahnten! Der Verlobte, der „Schlenkerhans", war Arzt und betreute sie aufs beste.

Natürlich ging es bei den anderen Mädchen nicht ohne Spott für Gitta ab.

„Da hat sie sich ihre große Spürnase ordentlich angeschlagen", meinte Bobby, als ihr die ganze Geschichte mit viel Spott und endlosem Kichern berichtet wurde.

Immerhin – sie behielten sie für sich und verrieten Gitta nicht.

Aufregungen

„Nun kann ja nicht mehr viel passieren", meinte Hanni. „Nach dem Herbstfest haben wir gerade noch Zeit genug zum Packen und allenfalls zu einem Abschiedsabend."

Ja, die Zeit in der Pferdeburg war fast herum. Die paar Wochen waren wie im Flug vergangen. Die Eltern Sullivan hatten bereits angekündigt, daß sie ihre Zwillinge abholen wollten.

„Sonst haben wir ja gar nichts mehr von euch, wenn ihr im Oktober an die Fotoschule geht", schrieb die Mutter.

Doch *so* wenig passierte in den paar Tagen bis zum Schluß nun doch nicht.

An einem Nachmittag brach ein Unwetter los, wie sie es noch nicht erlebt hatten, obwohl es ein paar schwere Gewitter gegeben hatte. Gerade an diesem Tag waren Fräulein Wagner und Karolin mit der Hausmutter zur Stadt gefahren. Sie wollten Frau Baumann am nächsten Morgen wieder mitnehmen. Deshalb blieben sie über Nacht in der Stadt. So konnten sie gleich noch allerhand wichtige Besorgungen mit erledigen.

Der Tag war ungewöhnlich warm gewesen. Nach der Mittagsruhe drängten die Kinder ins Freie. Trotz der Hitze tobten sie ausgelassen auf einer großen Wiese. Ein paar ritten zuerst. Aber dann trieben sie die Pferde auf die Koppel und spielten mit den anderen.

Ganz plötzlich brauste der Wind heran. Nein – kein Wind; es war ein Sturm. Die Pappeln am Fluß bogen sich, die Ahornbäume, die sonst wie unerschütterlich dastanden, schienen sich plötzlich zu ducken. Das Flußwasser wurde an ein Ufer gepeitscht, und die kleineren Kinder hatten Mühe, sich auf den Beinen zu halten. Im Westen stand eine graue, bleierne Wolkenwand, die immer näher rückte. Schleunigst rannten sie auf das Heim zu, wo Rosel schon wartete.

Sie lief ihnen entgegen, weil bereits die ersten Blitze aufzuckten, und faßte zwei Kinder fest an der Hand. Die Stekker für die Antennen vom Radio- und vom Fernsehapparat hatte sie sorglich schon herausgezogen, damit es nicht etwa einschlug, und die Fenster waren geschlossen. Aufatmend verriegelte Rosel die Tür, als die letzten im Haus waren. Sie schloß sogar die Läden an der Westseite, weil es überall klapperte. Draußen war es plötzlich fast Nacht geworden.

Ein paar Kinder fürchteten sich und fingen an zu weinen. Da griff Fräulein Busch mit Vorschlägen für Spiele ein.

„Wie wäre es mit der Reise nach Jerusalem?" fragte sie und ließ die jüngeren im Eßsaal Stühle heranschleppen und aufstellen. Lieber ein bißchen mehr Lärm im Raum, damit Donner und Sturm nicht so zu hören waren! Auch für die anderen erfand sie geräuschvolle, lebhafte Unterhaltungen.

Die jungen Mädchen unterstützten sie. Ihnen war auch nicht sehr behaglich zumute, und sie ließen sich gern vom Wetter draußen ablenken.

Plötzlich fragte Bobby laut: „Wo ist eigentlich Carlotta?"

Niemand wußte es.

„Sie hat vorhin auf der Wiese noch mit uns gespielt", rief Karli.

War sie nicht mit ins Heim gekommen? Bobby rannte ins Zimmer hinauf: Keine Carlotta!

„Hallo, Carlotta, wo bist du?“ riefen sie durchs ganze Haus. Niemand antwortete.

Nun wurden auch die Kindergärtnerinnen unruhig. Sie waren ärgerlich. „Wenn eine von euch den Kindern solch ein schlechtes Beispiel gibt, ist das für uns alle sehr unangenehm“, sagte Fräulein Seifert. „Wer weiß, wo Carlotta herumstrolcht!“

„Carlotta strolcht nicht herum.“ Bobby war wütend und kehrte Fräulein Seifert den Rücken. Auch die anderen jungen Mädchen waren empört. Zum ersten Mal gab es eine Reiberei mit den älteren Damen. Man merkte, daß Fräulein Wagner fehlte. Und auch Frau Lennert hatte immer alle Gegensätze ausgeglichen.

Aber wo *war* Carlotta?

Als das Gewitter und der Sturm so plötzlich losbrachen, war ihr erster Gedanke auch: Die Kinder müssen in Sicherheit gebracht werden.

Ihr zweiter Gedanke war: die Pferde! Sie hatten sie auf der Koppel sich selber überlassen. Doch bei diesem Wetter wurden die Tiere gewiß ängstlich und nervös.

Sie sah sich um: Ihre Kameradinnen kümmerten sich um die Kinder. Da war sie nicht unbedingt nötig. Also lief sie in Richtung Koppel. Es war wie sie es befürchtet hatte: Die vier Pferde liefen verstört durcheinander. Der alte Peter war am ruhigsten. Die Ponys tobten. Das eine versuchte ständig, über das Gatter zu springen. Hoffentlich verletzte es sich nicht! Blitz und Donner folgten sich in kurzen Abständen; das Wetter war schon nahe.

Carlotta rannte, so schnell sie konnte. Zuerst versuchte sie, das aufgeregte Tier am Gatter zu besänftigen. Es stellte gerade wieder die Vorderfüße auf eine Latte und warf schnaubend den Kopf zurück. Carlotta öffnete das Gattertor. Im gleichen Augenblick war das Pferd an ihr vorbeigesaust und lief ziellos ins freie Feld.

Carlotta gelang es, die beiden anderen Ponies am Zügel zu halten. Sie wurden sofort ruhiger. Peter trabte von allein in Richtung Pferdeburg.

Einen Augenblick überlegte Carlotta. Dann schwang sie sich auf das eine Pony, faßte die Zügel des anderen fest und schlug ebenfalls den Weg zum Heim ein. In wenigen Minuten waren sie dort.

Carlotta brachte die Ponies in den Stall, dann stieg sie auf Peter und redete ihm zu: „Wir müssen noch einmal los, mein Guter, und den Ausreißer suchen. Da hilft alles nichts."

Als ob Peter begriffe, daß Carlotta auch nicht gern in das tobende Wetter hinausging, nickte er und trabte in seinem bedächtigen Tempo los. Draußen suchte Carlotta mit den Augen alles ab. Sie wußte nur, in welche Richtung das Pony ausgebrochen war. Zunächst entdeckte sie nichts. Aber dann sah sie aus einem Heustadel plötzlich einen Pferdekopf herausschauen und sofort wieder verschwinden.

„Na also, da haben wir ihn!" stellte sie erleichtert fest.

„Hier bleiben wir drei aber, bis der Sturm vorbei ist", sagte sie dann zu den beiden Vierbeinern. „Noch einmal möchte ich einen solchen Ritt nicht riskieren."

Wie gefährlich ihr Unternehmen gewesen war, hatte sie die ganze Zeit über gewußt. Doch sie empfand auch, daß die Tiere sich mindestens genauso fürchteten wie die Menschen. Fast eine Stunde lang harrten sie in dem Stadel aus, dann ritten sie langsam zurück.

Im Heim sah man voll Sorge nach ihr aus. Es war den Mädchen inzwischen eingefallen, daß Carlotta sich wahrscheinlich um die Pferde kümmerte. Und als sie merkten, daß der Stall leer war, stand das für sie fest. Dann hörten sie es wiehern: Zwei Pferde waren da, aber noch fehlten die anderen. Und Carlotta!

Marianne, die Carlotta ja bei den Reitstunden unterstützte, war schuldbewußt. „Mir hätten die Pferde ja auch einfallen können", sagte sie zu den anderen Mädchen. Doch die trösteten sie: „Du hast doch geholfen, die Kinder schnell ins Trokkene zu bringen. Eines konntest du bloß tun."

Fräulein Busch und Fräulein Seifert bemerkten die Unruhe unter den jungen Mädchen. Aber niemand sprach mit den beiden Damen. Alle fühlten sich für Carlotta gekränkt.

Und dann stand die Vermißte plötzlich im Zimmer: zerzaust, naß bis auf die Haut, sichtlich erschöpft, aber lachend.

„Carlotta!" Sie liefen zu ihr und schlossen sie vor lauter Erleichterung in die Arme.

„Du hast die Pferde geholt?" fragten sie. Carlotta nickte und setzte sich erst einmal hin.

„Ja", sagte sie, „die armen Tiere waren ganz verstört vor Angst. Und Fräulein Wagners Pony ist ausgerückt."

„Das erzählst du uns alles nachher", sagten die anderen, „jetzt zieh dich erst einmal um."

„Und dann kriegst du einen guten heißen Glühwein", versprach ihr Rosel.

„Jedenfalls war Carlotta von uns allen die einzige, die nicht bloß aus lauter Angst nach Hause rannte", rief Bobby laut, als Carlotta das Zimmer verlassen hatte. „Es soll freilich Leute geben, die so etwas Herumstrolchen nennen, weil sie anderen immer gleich das Schlimmste zutrauen. Feine Manieren sind das, muß ich sagen!"

Den anderen war Bobbys Ausbruch peinlich. Sicherlich bedauerte Fräulein Seifert längst, was sie gesagt hatte. Doch so war Bobby nun einmal: Wenn sie sich ärgerte, mußte sie ihrer Wut Luft machen. Und außerdem – dachten die jungen Mädchen heimlich – hätte Fräulein Seifert sich ja wirklich entschuldigen können ... auch wenn sie älter war.

Die Aufregungen an diesem Tag waren aber noch nicht zu Ende, obwohl das Wetter sich schnell beruhigte. Die älteren Buben hatten auf irgendeine Weise erfahren, daß Fräulein Wagner und Karolin, vor denen sie großen Respekt hatten, in der Nacht nicht zu Hause sein würden. Sofort hatten sie beschlossen, eine kleine Gespensterschau abzuziehen. Hinten im Garten hatten sie auf dem Komposthaufen Kürbisse entdeckt, drei davon heimlich geholt und ausgehöhlt. In diese Kürbisköpfe schnitten sie nun Löcher als Augen, Nasen und Münder. Das „Rezept" hatte Pitt ihnen noch verraten. Er wollte so gern einmal „gespenstern", wie er sagte. „Aber wenn Frollein Wagner da is, mach ick det nich", hatte er stets hinzugesetzt. Und nun war er fort!

„Schade, daß Pitt nicht da ist“, meinte deshalb der lange Fred aus Lüneburg, der sich mit dem Berliner Jungen angefreundet hatte. „Da wäre die Sache erst pfundig geworden.“

So beschränkten sie sich darauf, die drei Kürbisköpfe mit Kerzen zu versehen und Stöcke zu suchen, auf die sie die Köpfe stecken wollten.

Fred riet: „Ein bißchen Katzenmusik dazu, dann die Köpfe am offenen Fenster der Mädchenzimmer hin- und herschwenken – das wirkt bestimmt.“

Er hatte die Katzenmusik auch gleich eingeübt: Jochen und Kurt bliesen auf dem Kamm, Rudi, Ulrich und Nick spielten auf ihren Mundharmonikas. Es klang zum Fürchten.

Nur mit einem hatten die Schlauberger nicht gerechnet: Mit Thomas und seiner Dankbarkeit für seine Freundin Karli. Er hatte schon oft einen guten Tip von Karli bekommen und hing sehr an ihr. Die Vorstellung, sie könnte erschrecken, war ihm entsetzlich.

„Karli“, vertraute er ihr an, „wenn heute nacht Gespenster bei euch auftauchen, mußt du dich nicht fürchten“, und er erzählte den ganzen Plan.

Karli war nicht dumm. Sie berichtete nicht etwa den Freundinnen aus ihrem Zimmer, was sie wußte. Nein – sie hielt sich an die Großen.

„Tante Berti“, rief sie und zupfte Berti am Kleid, „kann ich dir mal was sagen?“

Sofort ging Berti mit ihr hinaus und hörte gespannt zu, was Karli erzählte.

Hm – das war freilich eine besondere Sache, die mußte gut überlegt werden!

Berti sprach mit den Zwillingen. Sie nahmen schleunigst je ein Pferd und ritten ins Dorf. Es war schon nach acht. Aber die Kaufmannsfrau öffnete ihnen. Sie hatte einen Spaß recht gern. Als sie von Bertis Plan erfuhr, ging sie mit den Mädchen sofort in ihren Laden und stöberte in Kartons, die ganz hinten standen und eigentlich erst zu Weihnachten und zu Silvester gebraucht wurden. Dazu verkaufte sie ihnen noch ein paar Taschenlampen.

Die Kinder lagen schon im Bett. Die drei gingen in die beiden Zimmer nach dem Hof hinaus, in denen Karli und die anderen Mädchen schliefen.

„Hört mal zu", sagten sie zu den Kindern, „wir haben durch Zufall erfahren, daß die Jungen euch heute erschrecken wollen. Gespenster gibt es nicht. Zur Angst besteht also kein Grund. Aber ihr müßt ihnen obendrein den Spaß verderben, damit sie was draus lernen."

Nun gaben sie ihnen genaue Anweisungen, wie sie die Jungen erwarten und empfangen sollten. Die Mädchen kicherten. Das sollte eine Gaudi werden!

Karli war schlau genug, nicht zu verraten, daß und woher sie Bescheid wußte. Sonst wäre ihr Freund Thomas vielleicht noch hereingefallen.

Um neun ging es los.

Die Zwillinge und Berti standen im Hof. Auch Doris war mitgekommen. Da schlichen drei Gestalten vom Garten her. Sorgfältig zündeten sie die Kerzen in den Kürbissen an, die sie vom Versteck geholt hatten, und setzten sie auf lange Stangen.

„Die Fenster in den Mädchenzimmern stehen sperrangelweit auf", flüsterte einer.

„Besser kann es gar nicht klappen", murmelte ein anderer.

An der einen Hofseite bewegte sich etwas. Aha, die Zuschauer, die schadenfroh das Gekreische der erschrockenen Mädchen anhören wollten!

Drei trugen Leitern herbei. Vorsichtig kletterten die Gespensterführer mit den leuchtenden Köpfen hinauf.

Unten setzte die Katzenmusik ein, und die Kürbisse schaukelten auf den Stangen durchs offene Fenster.

Aber drinnen erhob sich plötzlich ein wildes Knattern, und grelle Feuersterne blitzten durch die Luft. Die Jungen merkten in ihrer Verblüffung gar nicht, daß es Wunderkerzen waren.

Die Mädchen hatten neben den Fenstern gewartet und auf einen leisen Pfiff alle Kerzen auf einmal entzündet. Nun stimmten sie ein lautes Gelächter an.

Die Jungen wären vor Überraschung und Schreck gewiß die Leitern hinuntergefallen, hätten Berti und die drei anderen ihnen nicht von unten den Strahl ihrer Taschenlampen entgegengeschickt. Dazu sagten sie im Chor:

„Wer andern eine Grube gräbt,
fällt selbst hinein.
Und wer besonders schlau sein will,
wird oft der Dumme sein."

Dann verdrückten sich die Mädchen unten.

Oben waren die Wunderkerzen ausgebrannt. Die Fenster wurden geschlossen.

Die armen Tröpfe mit ihren Kürbissen standen wie begossene Pudel da. Zum Überfluß erschienen die beiden Kindergärtnerinnen mit Taschenlampen. Kaum gelang es den Buben, ihre Gespensterköpfe hinzuwerfen und um die Hausecke zu flüchten.

Dann freilich lagen sie alle sehr schnell in ihren Betten und atmeten wie im tiefen Schlaf. Fräulein Seifert und Fräulein Busch schauten ins Zimmer, aber sie konnten die Übeltäter nicht feststellen.

Doch am andern Tag „petzten" sie auch nicht, erzählten die Jungen voll Anerkennung. Für die verhinderten Gespenster blieb es ein Rätsel, wie die Mädchen von ihrem Plan erfahren hatten.

Ein Fest, ein Spaß, ein Abschied

„Morgen ist Herbstfest, und wir gehen hin", sangen und riefen die Heimkinder den ganzen Tag.

Schon am Samstag mittag fing es an interessant zu werden. Schausteller fuhren heran und stellten ihre Buden oder ihre Karussells auf. Die Häuser von Hasenwinkel waren mit einem Schlag festlich geschmückt. Für den Abend war anscheinend eine Festbeleuchtung geplant: Über die Straßen hinweg hingen große Bogen mit bunten Glühbirnen. Draußen vor dem

Ort war ein Tanzzelt aufgebaut. Die Kapelle, die zum Tanz aufspielen sollte, zog am späten Nachmittag mit schneidigen Märschen ein. Den ganzen Abend hörten sie bis zur Pferdeburg Tanzmusik.

Am Sonntagmorgen war der Himmel tiefblau.

„So blau kennen wir ihn zu Hause gar nicht", sagte Nanni zu Doris, als sie gemeinsam die Kinderkleider für Doris durchsahen. Sie standen Doris gar nicht schlecht. Doch ihre Freundinnen mußten immer lachen, wenn sie ihnen wie eine Zehn- oder Zwölfjährige entgegentrat.

Sie hatte sogar verschiedene Haarfrisuren ausprobiert: Eine freche Ponyfrisur für das bockige Kind, abstehende Zöpfchen, richtige Rattenschwänze, für das neugierige. Als Heulsuse hatte sie die Haare nach oben gekämmt und eine riesige Schleife hineingesteckt, und als Kind, das nicht essen wollte und ein großes Lätzchen umgebunden hatte, trug sie einen zerzausten Wuschelkopf.

„Wenn die anderen nur halb so viel Spaß an deinem Auftritt haben wie wir, wirst du der Schlager des Festes", rief Hanni und warf sich halb krank vor Lachen auf das Bett.

Nun, es wurde ein Erfolg! Als Doris am Montag auf der kleinen Bühne herumstampfte oder -schlich, schrien die Zuschauer vor Vergnügen.

Der wirkliche Schlager aller Vorführungen aber war Carlotta. Sie erntete den größten Beifall. Am Sonntag führten junge Leute aus dem Dorf allerlei Übungen auf ihren Pferden vor. Der Schulplatz war dafür als Sandbahn hergerichtet. Es gab fixe Burschen unter den Reitern, verwegene und geschickte. Auch zwei junge Mädchen zeigten, wie gut sie ritten. Aber als Carlotta auf dem Pony die Runde machte und plötzlich kerzengerade auf dem Pferderücken stand, als sie mit einem Satz zur Erde sprang und wieder auf das galoppierende Pony, da blieb allen die Sprache weg.

„Da geht einem ja der Hut hoch", rief ein junger Bauer, und sein Nachbar nickte: „Besser können sie es im Zirkus auch nicht."

Die Kinder von der Pferdeburg, die natürlich ganz vorn unter den Zuschauern standen, platzten beinahe vor Stolz. „Das ist unsere Tante Carlotta", sagten sie. „Bei der lernen wir reiten."

Natürlich war im Dorf Wirbel. So gab es für die jungen Mädchen aus der Pferdeburg und ihre älteren Kolleginnen genug zu tun. Die ganze Dorfjugend beteiligte sich an den Spielen. Frau Lennert war wieder da, sie war ja die „Spiele-Tante" des Heims. So sagten wenigstens Rosels kleine Geschwister, die sich auch ein bißchen dazurechneten.

„Du, wollen wir es auch mal probieren?" fragte Hanni mutwillig ihre Schwester, als gerade eine Gruppe Mädchen zum Dreibeinrennen antrat.

„Mensch, guck mal", rief der lange Fred, der fixe Augen hatte, und stieß seinen Nachbarn an, „unsere Zwillingstanten laufen mit."

Sie verloren haushoch.

„Ihr müßt ein bißchen üben, dann könnt ihr es bald besser", sagten die sechsjährigen Siegerinnen zu ihnen.

Natürlich gingen die jungen Mädchen mit der Heimleiterin und Karolin abends zum Tanz. Die drei älteren Kindergärtnerinnen blieben in der Pferdeburg, und die Hausmutter humpelte auch schon wieder umher.

„Siehst du", meinte Nanni zur Schwester, „es war doch gut, daß wir die Festkleider eingepackt haben."

Tänzer gab es genug. Fräulein Wagners Bruder und ihr Freund waren vom Berg gekommen und tanzten kräftig mit.

„Wo ist eigentlich unser Pechvogel mit dem verknacksten Fuß?" fragte der Blonde in einer Tanzpause. „Kann sie noch nicht auftreten?"

„Gitta ist im Urlaub", erzählte ihm Fräulein Wagner, und Bobby meinte nachher lachend zu den anderen: „Eigentlich schade, das Gitta nicht mal eine Runde mit ihren Schmugglern drehen kann. Sie hatte sich ja auf einen Tanz mit ihnen gefreut – auf eine andere Art Tanz freilich."

Für die Kinder – ob sie nun zum Dorf gehörten oder zur Pferdeburg – war die Hauptsache der Fackelzug am Montagabend, der Abschluß des Festes. Fräulein Busch hatte wunderschöne Laternen mit ihnen gebastelt. Damit wanderten sie am Ende des Zuges und sangen „Laterne, Laterne, Sonne, Mond und Sterne“, wenn die Musikkapelle einmal verschnaufte.

Der Ort war nur klein und die Wanderlust der Fackelträger groß. So hatte der Bürgermeister als besonderen Dank an das Heim angeordnet: „Ihr marschiert bis zur Pferdeburg und von da wieder zurück.“ Die Kinder wurden also feierlich heimgeleitet. Vor der Pferdeburg aber standen schon die sechs Lindenhof-Mädchen bereit.

„Ihr geht heute noch einmal tanzen“, hatte Fräulein Wagner gesagt. „Karolin und ich kommen nach.“

„Komm, Hanni, setz dich an unseren Tisch“, rief Fräulein Wagner später, als sie Hanni allein durch das Zelt wandern sah. Nanni war anscheinend schon drüben beim Tanzen; aber es war schon so heiß, daß man erst einmal etwas trinken mußte.

„Gern“, sagte Hanni und bestellte sich ein Glas Bowle.

Es ging ziemlich lebhaft zu, man verstand kaum sein eigenes Wort. Doch sie horchten alle auf, als hinter ihnen eine Stimme sagte: „Ja, dieses Kinderheim“, – was kam da wohl? „... da wollen wir morgen hin.“

„Ein merkwürdiger Betrieb muß das sein“ – das war eine Frauenstimme –. „Eine noch sehr junge Leiterin, die meist in Reithosen herumläuft.“

Hanni sah Fräulein Wagner an und verschluckte sich beinahe vor Lachen.

„... auch sonst sind meist ganz junge Dinger dort beschäftigt, und alles, was recht ist, ein bißchen seriös soll so ein Heim doch sein.“

„Warte es ab, Mathilde“, sagte die erste Stimme wieder, Hanni drehte sich um. Natürlich – so mußte Mathilde aussehen!

„Wir werden es uns betrachten. Wissen Sie, dort sind Kinder von einem Kollegen untergebracht. Sehr begeistert, aber Kinder haben ja kein Urteil ...“

Mehr verstand Hanni nicht. Na, diese Leute wollte sie am nächsten Tag einmal ganz genau unter die Lupe nehmen!

Sie erschienen am Vormittag, ein Herr und die Dame Mathilde. Hanni hatte schon auf sie gewartet und gab Fräulein Wagner schnell eine Vorwarnung.

„Ach bitte, rufen Sie mich doch herein – unter irgendeinem Vorwand", bettelte sie, denn sie hatte inzwischen mit Nanni einen Plan entworfen.

Tatsächlich steckte Fräulein Wagner bald den Kopf durch die Tür und rief: „Hanni, bist du hier? Bitte, komm doch mal herein."

Im Nu stand Hanni im Zimmer, knickste zu Fräulein Wagners Erstaunen brav vor den Besuchern und bekam den Auftrag: „Hole bitte eine Erfrischung für die Herrschaften."

Nach zwei Minuten kam die Erfrischung. Aber statt des wohlerzogenen Mädchens im Dirndl stand da das gleiche Geschöpf in Reithosen und einem knallroten Pulli. Die Besucher sahen sie irritiert an. Fräulein Wagner aber durchschaute sofort, was los war, und bat: „Schick bitte Grit und Tim Werner herein. Hier ist Besuch für sie gekommen."

„Jawohl, sofort" – draußen war das Mädchen in den Reithosen, und gleich darauf marschierte es wieder herein im flotten Faltenrock und in einer weißen Bluse: „Grit und Tim sind unterwegs, sie machen einen Spaziergang."

„Danke", sagte Fräulein Wagner, „dann sag ihnen Bescheid, wenn sie zurückkommen." Weil sie aber merkte, daß die Besucher verwirrt waren, rief sie dem Mädchen nach: „Bitte hole doch einen Prospekt vom Heim."

„Sehr gern." Die Tür klappte zu, ging aber gleich wieder auf, und grinsend brachte das Mädchen nun im hellblauen Leinenkleid und mit drolligen blaugeschleiften Zöpfchen den Prospekt herein.

Die fremden Besucher verabschiedeten sich schnell. Draußen sahen sie das Mädchen aber schon wieder in einem rotweiß gestreiften Pulli stehen. Dämmerte es den Herrschaften immer noch nicht, was los war? Jedenfalls ahnten sie nicht, wie sehr im Zimmer gelacht wurde. Sie ahnten ebenso wenig, daß Grit und Tim, als sie von dem Besuch hörten, nur seelenvergnügt sagten: „Gut, daß wir nicht da waren."

So hatte der Tag des Abschieds von der Pferdeburg für Hanni und Nanni lustig begonnen. Zum Glück kam dadurch eine feierliche oder gar trübe Stimmung gar nicht erst auf. Natürlich fiel die Trennung ihnen und den anderen Lindenhof-Mädchen nicht ganz leicht. Dazu waren diese Wochen viel zu lehrreich und interessant – und zugleich vergnüglich gewesen.

Aber sie alle hatten es ja von Anfang an gewußt: Diese Zeit bedeutete einen Übergang vom Kindsein zum Erwachsenwerden. Sie hatten sie dankbar und fröhlich genutzt und genossen.

Als nun die Eltern kamen und ihre zwei Mädel abholten, gab es einen Wirbel von Umarmungen, Zurufen, Versprechungen. Aber bald verschwand die Pferdeburg aus ihrem Blickfeld, und nun wendeten sie alle ihre Pläne und Gedanken auf das, was vor ihnen lag: auf die Zukunft der Sullivan-Zwillinge Hanni und Nanni.

Aufstellung aller Titel dieser Reihe:

Für Hanni und Nanni-Sammler

Die richtige Reihenfolge aller „Hanni und Nanni"-Geschichten steht hier. Auch in welchem Sammelband diese Geschichte steht. Daß die richtige Reihenfolge mit den Sammelbänden nicht übereinstimmt liegt daran, daß wir zunächst nur einige Geschichten von „Hanni und Nanni" brachten. Als „Hanni und Nanni" aber zu den Lieblingen der Mädchen wurden, sind wir gedrängt worden, immer mehr Bücher zu bringen. Und diese Geschichten, die wir später brachten, haben wir dann erst in einen Sammelband genommen.

Mit herzlichen Grüßen
Eure
„Hanni und Nanni"-Redaktion
im Franz Schneider Verlag

		in Sammelband
1	Hanni und Nanni sind immer dagegen	1
2	Hanni und Nanni schmieden neue Pläne	1
3	Hanni und Nanni in neuen Abenteuern	1
4	Kein Spaß ohne Hanni und Nanni	2
5	Hanni und Nanni geben nicht auf	4
6	Hanni und Nanni im Geisterschloß	3
7	Hanni und Nanni suchen Gespenster	4
8	Hanni und Nanni in tausend Nöten	5
9	Hanni und Nanni groß in Form	5
10	Hanni und Nanni geben ein Fest	5
11	Lustige Streiche mit Hanni und Nanni	2
12	Hanni und Nanni und ihre Gäste	4
13	Fröhliche Tage für Hanni und Nanni	2
14	Hanni und Nanni gründen einen Klub	3
15	Hanni und Nanni im Landschulheim	3

Außerdem erschienen 2 Hanni- und Nanni-Bändchen in englischer Sprache mit Vokabeln auf jeder Seite: **Adventures with Hanni and Nanni I und II**

Tina und Tini suchen den geheimnisvollen Schatz (Band 1)
Aufregende Ferien voller Geheimnisse

Tina und Tini stehen vor neuen Rätseln (Band 2)
Wer ist der neugierige Fremde?

Tina und Tini überlisten den Meisterdieb (Band 3)
Eine Schiffsreise mit vielen Überraschungen

Tina und Tini und das Geheimnis des schwarzen Hundes (Band 4)
Auf den Spuren einer Inselbande

Tina und Tini · Die geheimnisvolle Rumpelkammer (Band 5)
Als Detektive auf einer heißen Spur

Tina und Tini · Das Geheimnis des Gärtners (Band 6)
Was verbirgt sich in den alten Gemäuern?

Tina und Tini entlarven die Tigerbande (Band 7)
Geheimnisvolle Zeichen führen zum Täter

Tina und Tini · Das Rätsel der Marzipantorte (Band 8)
Auf der Suche nach dem versteckten Spion

Tina und Tini · Geisterstimmen im Park (Band 9)
Leben in dem alten Haus im Park Gespenster?

Tina und Tini und die spanischen Zwillinge (Band 10)
Eine aufregende Schiffsreise

Tina und Tini und der unheimliche Strandwächter (Band 11)
Rätselhafte Umtriebe am nächtlichen Strand

Tina und Tini · Sammelband 1
Die spannendsten Abenteuer von Tina und Tini und ihren Freunden

Tina und Tini · Sammelband 2
Neue, lustige Abenteuer von Tina und Tini

Tina und Tini · Sammelband 3
Wieder geraten Tina und Tini in aufregende Abenteuer

Dolly sucht eine Freundin
Ein Hitzkopf hat es schwer, sich in ein Internat einzufügen

Wirbel in Klasse 2
Unsere Burg ist die beste Schule der Welt

Ein Pferd im Internat
Ein Mädchen kann sich nicht von ihrem Pferd trennen

Klassensprecherin Dolly
Dolly hat es nicht leicht, sich zu behaupten

Dollys großer Tag
Viel Streit um ein Theaterstück

Abschied von der Burg
Mit viel Trubel wird das letzte Schuljahr beendet

Dolly hat Heimweh nach der Burg
Hurra, wieder auf Möwenfels!

Eine aufregende Mitternachtsparty
Dolly fällt immer etwas ein

Die Burg erlebt ihr größtes Fest
Wir werden Möwenfels nie vergessen!

Dolly · Wiedersehen auf der Burg
Dolly kehrt auf die geliebte Burg zurück

Dolly · Hochzeit auf Burg Möwenfels
Dolly erlebt den schönsten Tag ihres Lebens

Dolly · Die jüngste Burgmöwe
Das große Ereignis in Dollys Leben

Dolly · Sammelband I
Die lustigsten Schulabenteuer auf der Burg, 3 Bände

Dolly · Sammelband II
Die abenteuerlichsten Schulstreiche auf der Burg, 3 Bände

Dolly · Sammelband III
Die aufregendsten Erlebnisse auf der Burg, 3 Bände